不協和音２

炎の刑事vs.氷の検事

大門剛明

○本表紙デザイン＋ロゴ＝川上成夫

不協和音2　炎の刑事vs.氷の検事【目次】

主な登場人物

川上祐介
かわかみゆうすけ
太秦署刑事。三十二歳。父の大八木宏邦は名刑事だったが、ある事件でマスコミから冤罪刑事と呼ばれる。母の実家で育てられたため川上姓となった。

唐沢真佐人
からさわまさと
京都地検の検事。東大出の三十一歳。祐介の弟。養父は父の親友で検事の唐沢洋太郎。祐介と兄弟であることは隠している。

宇都宮実桜
うつのみやみお
左京法律事務所の弁護士。二十代半ばで小柄。西陣織で有名な老舗の呉服問屋の娘。

有村秀人
ありむらひでと
太秦署刑事課係長。四十一歳で日本人離れした筋肉の塊のような大男。もと不良。

平松樹生
ひらまつみきお
嵯峨野西交番勤務の制服警官。京大出の二十七歳。天職に巡り合ったと満足している。

安田富夫
やすだとみお
太秦署署長。心配性で責任回避に一生懸命。

中原葉月
なかはらはづき
太秦署の女性刑事。刑事になって六年で三十三歳。面倒見がよく、仕事は丁寧。

小寺順平
こでらじゅんぺい
京都府警捜査一課警部補。五十過ぎのベテラン。剣道有段者で若い頃は機動隊にいた。

関口佳成
せきぐちよしなり
京都府警捜査一課警部補。捜査一課では一目置かれる存在。四十九歳で小柄。

不協和音2

第一章　密室のゆりかご

1

久しぶりの安眠は、心ない一本の電話でつぶされた。

熱帯夜の午後十一時半、川上祐介《かわかみゆうすけ》はバイクで桂川《かつらがわ》沿いを走っていた。冷房はつけているのに、外の気温が高すぎるせいか寝苦しい。寮の自室でようやく寝入ったときにスマホが鳴った。かけてきたのは地域課の警官だ。川上さん、すぐに来てくださいと泣くような声で訴えてきた。いったい何だっていうんだ。問いかえす間もなく、場所だけ一方的に告げられ、通話はすぐに切れた。

くそ、平松《ひらまつ》のやつ……。

決して悪い奴ではない。気が進まないのはこの平松樹生《みきお》に関わるとろくなことがないからだ。銃で撃たれて危うく命を落としかけたことだってある。悪い予感しかしないが、無視できるはずもない。

呼び出された集合住宅はすぐ近くだ。

つぶれたガソリンスタンドを曲がると、髪がくしゃくしゃで迷彩服を着た男がこちらに手を振っていた。平松だ。祐介はスピードを緩めてバイクを停《と》めた。

「川上さん、すみません」

平松の他にも見知らぬ顔があった。四十歳くらいの女性だ。

「児童相談所の田口美佐江《たぐちみさえ》といいます」

田口はぺこりと頭を下げた。

「刑事さんなんですってね。助かります」

「どうしたんです？」

「赤ちゃんの虐待です。前から気になっている家庭だったんですが、来てみたらちょっと様子がおかしくて」

平松は勤務時間外に偶然通りかかっただけらしい。

「警察官として放置できませんよ」

それで連絡してきたのか。やれやれ。俺を呼んでいる暇があれば、平松自身がついて行ってやればいいのに。そう思ったときに一軒の家から大声が聞こえた。

「ええ加減にせいや！　このくそガキ」

男の声だ。平松も田口もそちらを向く。男の大声に負けじとばかりに、赤ちゃんの大きな泣き声も聞こえてきた。

祐介は窓に近づいて、室内の様子をのぞき見た。

ベビーチェアに座らされている赤ちゃんが目に飛び込んできた。奥の方では下着姿の若い女性がベッドの上でスマホをいじっている。思わず目をそらすと、ひげを生やしたタンクトップ姿の男が視界に入った。

「ああ、くっそうるせえ」

男は怒鳴ると、おもちゃのガラガラを壁に投げつけた。いくら恫喝しても赤ちゃんは泣き止まないだろうに。思い通りにいかないことで、さらにいら立っているようだ。男は煙草を灰皿でもみ消すと、すぐに新しい煙草に火をつけた。

くずだな……。

祐介が心の中でつぶやくと、チャイムの音が鳴った。

「こんな夜分にすみません」

玄関の方から田口の声が聞こえる。

男はインターホンに出るが、児童相談所の者だという呼びかけを聞くと、舌打ちをして切ってしまった。母親らしき若い女は顔を上げもせず、スマホをいじっている。インターホンが鳴り続けるが、応じる気配はない。

男は高い高いをするように、赤ちゃんを天井に向けてもち上げた。

「おい、黙らんと殺すぞ」

男は舌打ちをすると、泣き止まない赤ちゃんを激しく揺さぶり始めた。首のすわっていない赤ちゃんの頭が、かくんかくんと前後に揺れている。

「おい！　やめろ」

祐介は思わず声を上げる。窓をドンドンと叩いた。

「誰や？」

男は赤ちゃんをベッドに投げ捨て、こちらに向かってきた。そのとき、玄関の扉が開き、田口と平松がなだれ込む。祐介もそのあとから部屋に踏み込んだ。

「ちょっと、あんたら何？」

下着姿の女性はタオルを体に巻き、目を大きく開けた。田口は一直線に赤ちゃんのもとへ駆けより、抱き上げる。

「この子は一時保護します」

田口に抱きかかえられたまま、赤ちゃんは泣き続けていた。

男に手荒く扱われていたが、大丈夫だろうか……心配しながら祐介は赤ちゃんに近づいた。

その時、田口は祐介の後ろを見ながら、あっと声を上げた。平松も目を丸くして固まっている。いやな予感があった。まさかと思いつつゆっくり振り返ると、すぐそばに男がいた。

「おい、何で連れていくんや」

男はようやく声を発した。

手にしているのはアイスピックだ。

「これは法にのっとったことで……」

「拉致する気か」

田口が説明をくり返そうとするが、大声がそれを打ち消していく。

「何が法律や、ただの誘拐やんけ」

まるで話にならない。こいつの心理はだいたいわかった。赤ちゃんのことなど、どうでもいいのだ。自分たちの縄張りに他人がずかずかと入ってきて、正義を振りかざされることが気にくわないだけ。あるいはオスとしての本能がメスの前で屈服する姿をさらすことを拒んでいるのかもしれない。

平松は口を半開きにしたまま、祐介と男を交互に見つめていた。

「そのガキ、返せや」

いつの間にか男の目はすわってきた。怒りがピークに達してそのまま固定されている。

「おい、アイスピックを置け」

「うるせえ！　黙れ」

駄目だな。こういうくずはスイッチが入ってしまうと、言葉が耳に入らない。

祐介は男に気づかれないよう、少し離れたところにいる平松に目配せした。

俺がこいつをひきつけておくから、ゆっくりと背後に回って取り押さえろ。

だがどう解釈したのか、平松はつかつかと男の前にしゃしゃり出た。

「私は警察官です。無駄《むだ》な抵抗はやめてください」

馬鹿野郎と怒鳴りたくなった。こいつはもうすでに針が振り切れている。火に油を注ぐだけだ。案の定、男は平松にアイスピックを向けた。

「逮捕できるもんなら、してみぃや！」

男は完全に我を忘れて怒鳴った。

まるでひるんでいる様子はない。それでも男の視線がそれた。祐介はその一瞬を逃さず、低空で男に飛びかかった。腰にタックルすれば上から刺される。抑えるべきはアイスピックを手にした右手だ。一秒にも満たないその時間で、祐介は男の右腕に手をのばす。反射的に動いた男の肘打ちが額をかすめたが、祐介はかまわず男の太い腕をとらえた。

「くそ、こいつ」

「アイスピックを放せ」

捻り上げると、たまらず男は悲声を上げてアイスピックを取り落とした。祐介はアイスピックを壁の方へ蹴《け》り飛ばす。男に胸ぐらをつかまれたが、勢いのまま頭突きを食らわせた。

うめき声をあげ、血の噴き出す鼻を押さえる男に、平松と祐介は乗りかかる。ようやくその動きを封じ込めた。

やっと終わった。

祐介はふうと深く息を吐《は》いた。平松は警察に連絡している。祐介は田口の腕の中の赤ちゃんをのぞきこむ。真っ赤な顔は涙とよだれでぐちゃぐちゃだ。

おむつをずっと替えてもらっていないようで、服が汚れて強い異臭がする。ふっくらしているはずの頬や腕は痩《や》せこけていた。よくこんな大きな声で泣くことができるものだ。子どもは両親を選べない。こんな家に生まれて、本当にかわいそうな子だ。

そう思った瞬間、室内に金切り声が響いた。

振り向くと、そこにはアイスピックを握りしめた下着姿の女がいた。祐介が蹴り飛ばしたのを拾ったようだ。彼女は髪を振り乱して叫び始めた。

「私の赤ちゃん、どうする気！」

女は、私の赤ちゃんや、とくり返している。さっきまで赤ちゃんに対して男がいくら酷《ひど》いことをしても無関心だったのに、何なのだこの女は……。

「返せ、私の子や」

「この子は返せません。絶対に守ります」

田口は赤ちゃんを抱きながら、一歩後ずさった。

「私の子やって言うとるやろ」

女はアイスピックを手に田口に突進した。

「やめろ！」

祐介が割って入った。腰に激しい痛みと衝撃。くそ、刺されたのか。それでも祐介は女を押さえつける。

「返せ！　返せ！」

女は祐介を刺した罪悪感を全く見せない。そこにあったのは鬼の形相だ。赤ちゃんの泣き声だけが響いている。

「川上さん、血が」

気づくと腰から血が滴っていた。

くそ、刺されたところが脈を打つように痛んできた。それでもこの女から手を放すわけにはいかない。平松は男を押さえたままあたふたするだけだ。やれやれ。やっぱりこうなってしまうのか。こいつに関わるとろくなことはない……。

「返せ！　私の赤ちゃん返せ」

金切り声と赤ちゃんの泣き声が混じりあう中、ようやくサイレンの音が聞こえた。その音が近づいてくるのがわかると、不意に全身から力が抜けてその場に崩れた。

2

取調室は暑かった。

いつものように無機質で何もない部屋。机の前にはあごひげを生やした若い男が気だるそうに座っている。

祐介は保護した赤ちゃんと一緒に救急搬送された。平松から聞いた話によると、その夜の担当医は幸運にも小児科医だったそうだ。児相ともかかわりが深く、話が早かった。赤ちゃんは衰弱しているため、そのまま入院となった。

一方、祐介の傷は思いのほか浅く、一夜明けると、帰宅することができた。虐待されていた赤ちゃんの方が重症だったので、軽症の祐介は適当にあしらわれた気もする。

この男と祐介を刺した女は結婚はしていない。付き合い始めたばかりで、赤ちゃんはこの男との間の子ではなかったそうだ。

保護された赤ちゃんの命に別状はないようだが、脳に異常が見つかったという。祐介も乱暴に扱われているところを実際に目にした。後遺症が出ないといいが。

「じゃあ、事実関係を確認していきます」

祐介は質問をしていった。

「日頃から赤ちゃんを虐待していたんですか」

男は面倒くさそうに天井を見上げた。

「してへんわ。しつけや」

男は横を向いて耳たぶをつまんだ。祐介は感情を抑えつつ訊ねた。

「それなら聞きます。赤ちゃんにどんなしつけをしましたか」

「やかましい時に怒るだけや。何もせんかったら怒らん」

まるで泣く赤ちゃんが悪いとでも言いたげだった。

それのどこがしつけだというんだ。赤ちゃんは泣くものだし、それを怒ったからといって泣き止むものでもない。ただ単に自分のいら立ちをぶつけているだけに過ぎない。

「俺も怒鳴られて育ってきたわ。あれくらいで虐待やて？　そんなわけあるか」

被害者である赤ちゃんが言葉をもたないのをいいことに、何とでも言い繕うことができる。しかし赤ちゃんの脳には異常が見つかっている。赤ちゃんを乱暴に扱っていたところは祐介自身がしっかり見ているし、言い逃れなどできはしないのだ。

やがて取り調べは終わった。

祐介は腰に手を当てる。胸糞悪くなる取り調べのせいもあってか、刺された傷がまだしくしくと痛む。だが休みをもらうより、この件は自分の手でケリをつけたいと希望して担当させてもらっている。

祐介が向かった先は赤ちゃんが入院している病院だった。

傷の消毒をしてもらってから受付で話をすると、すぐに小児科の外来へと案内された。院内には虐待発見の啓発ポスターがいくつか貼《は》られている。

午前の診察時間は終わっているはずなのに、待合室はたくさんの親子でにぎわっていた。祐介は自分だけ浮いているなと苦笑しながら、しばらく待つことにした。

「お待たせ。どうぞ」

待合室に医師が姿を見せた。さらさらの髪に端整な顔立ち。褐色の肌と対照的に白い歯がのぞく。他の科ではマイクを通して患者を呼び出しているのに、この医師は患者の子どもたちを一人ずつ迎えに来るようだ。

「ホンマにええ先生やな」

若い母親がうっとりするようにつぶやいた。

「おまけにイケメンやもんな」

「しかも独身やろ」

祐介は診察室の入り口にあるネームプレートを見上げる。名前は久保見潤《くぼみじゅん》。まだ若いのに、児童虐待防止委員会で役員をしているらしい。

「ありがとう、先生」

「お大事に。もう無理すんなよ」

小学生くらいの子どもが手を振って出てきて、隣の母親が何度も頭を下げている。久保見が笑顔で手を振りながら、見送っていた。こんな調子なら時間がかかるわけだ。それでも久保見に診てもらいたいと、多くの患者が待っているようだ。

それから一時間ほどかかり、ようやく患者が捌《は》けた。

最後の患者を見送ると、久保見がこちらに近づいてきた。

「すみませんね、約束していたのにお待たせしてしまって」

さわやかな笑みを見せて、久保見は頭を下げた。

「いえ、先日はお世話になりました」

「傷はどうです？　無理しないでくださいよ」

京大の医学部を出たと聞くが、腰が低い。

同じエリートでも鼻持ちならないあいつとは大違いだ。まあ、あいつも外面《そとづら》だけはいいので、この久保見も裏ではどうかわからないが……。

「実はこの前の虐待事件で逮捕した男を取り調べているんですが、あれはしつけだと言い張ってまして」

「馬鹿な。あれは虐待ですよ」

久保見は眉根にしわを寄せた。

「保護された赤ちゃんはあれから手術を受けるために転院しました。倒れたりぶつけたりするだけではあんな風にはなりません」

立ち話もなんですので、中へどうぞと診察室へ通された。

「川上さんはSBSについてご存知ですか」

「SBS？　いえ、よく知りません」

「別名、揺さぶられっこ症候群といいます」

「揺さぶられっこ、ですか」

久保見は白い歯を見せた。

「名前だけ聞くと、たいしたことないようなイメージをもたれるでしょう」

確かにどこか可愛らしいネーミングだ。

「でも場合によっては死亡することもある危険なものです。赤ちゃんの頭部は非常にもろいもので、揺さぶるだけでも脳の大事な血管が切れてしまうんです」

久保見は赤ちゃんの模型を両手で持つと、乱暴に扱ってみせた。頭がかくんかくんと前後に揺れている。それは祐介があの晩に見た男の行為そのものだった。

「それです。同じことをあいつはしていました」

「やはりそうですか。虐待する親は嘘をついて自分の罪を隠そうとしますからね。そうして反省もなく虐待をくり返す。そんな親を信じていたら救える命も救えませんよ」

「虐待かどうかは、医学的に診断できるものでしょうか」

久保見はええと言ってうなずいた。

「これを見てください」

先日の赤ちゃんの脳を輪切りにしたCT画像がパソコン画面に表示された。

「硬膜下血腫に伴って片方の脳が低吸収性変化を起こしています。これはBBB、ビッグブラックブレインといいまして、虐待に特徴的な所見なんです。同じように、皮髄境界が不鮮明なのに対して視床境界は鮮明化していることからも虐待が強く推認されます。硬膜下血腫、脳浮腫、眼底出血の三徴候がみられ、ほぼ百パーセント、虐待と言い切れます」

専門的過ぎてさっぱりわからなかった。だが専門医がこれだけ自信をもって断言してくれるのだから、ありがたい。

「本当に赦《ゆる》しがたいです」

久保見は強い怒りをにじませた。

「僕が責任をもって診断書でも意見書でも何でも書きますから任せてください。必要なら公判でも証言しますので」

話していくうちにわかってきた。久保見の内には激しく燃えたぎるものがある。彼はただのエリート医師ではない。心の底から子どものことを第一に考えている素晴らしい医師だ。

「ありがとうございました」

久保見から〝虐待〟のお墨付きを得て病院を出る。これで取り調べもうまくいくだろう。


その日も暮れて夜になった。

祐介は報告書の作成に追われていた。じっと座っていると刺された傷が痛みだす。平松も平松だ。祐介を呼び出すより、さっさと通報すればよかったじゃないか。平松への貸しばかりがたまっていく。くそ、このまま踏み倒される気しかしない。そう思いつつあくびをかみ殺していると、長い髪の女性がやってきた。

「ああ、川上くん。まだいたのね。ちょうどよかった」

中原葉月《なかはらはづき》という女性刑事だ。

「どうしました？」

「通報があって。帷子ノ辻《かたびらのつじ》のアパートで変死体が発見されたんだって」

一緒に行きましょうと背中を叩かれ、そのまま駐車場に向かった。また事件か。

「詳しくはわからないけど、殺人みたいね」

ハンドルを握りながら、祐介は葉月の言葉に耳を傾けた。被害者は一人暮らしの女性、通報者はアパートの大家夫婦。現場まではすぐだ。とにかく行ってみるしかない。

祐介は何気なく、葉月の横顔を見た。

年齢は祐介より一つ上。意志の強そうな太い眉に大きな瞳。最初は性格がきつそうだなと警戒していたが、面倒見がよく仕事ぶりは丁寧だ。彼女は刑事になってからもう六年。新人に毛が生えた程度の祐介よりも経験は豊富だ。

しばらく行くと、目印だと聞いていた運送業者の看板が見えてきた。道路を挟んで向かい側のアパートが現場だ。駐車場にはすでに警察の車が何台か停まっていた。

「着きましたね」

午後八時二十六分。現場のアパートは鉄筋三階建ての古いつくりで、入り口にはオートロックなどはない。変死体が見つかったのは一〇五号室だという。

鑑識課の作業の後、祐介と葉月も現場に足を踏み入れた。外観とは異なり中はリノベーションされていて、若い女性が一人暮らししていてもおかしくはない部屋だ。真夏なのでもっと腐臭がきついかと思っていたのだが、発見が早かったようであまり臭いはない。だが中に足を踏み入れた時、言葉を失った。

べっとりとした何かが心にしみつくような感覚だった。

壁際にもたれるように女性がへたり込んでいる。その不自然に傾いた首筋から左半身、床までが赤黒く染まっていた。

冥福を祈る葉月の横で、祐介も手を合わせた。

「殺されてから、まだ時間は経ってないわね」

葉月が話しかけてきた。硬直状況からしても殺害されて間もないようだ。

「犯人が侵入したのはここからでしょうか」

祐介はリビングのガラス窓を指差す。クレセント錠《じょう》のところが割られていて、フローリングにガラス片が散らばっている。

「ガラスの割れる音をだれか聞いてないかしら」

「見たところ、部屋の中は荒らされていないようですね」

話している間に、太秦署《うずまさしょ》の面々も次々と臨場した。ひときわ大きいゴリラのような顔が見えた。係長の有村秀人《ありむらひでと》だ。

小柄な老人がおどおどした顔で有村を見上げていた。

「大家さんですね。発見されたときのことを、詳しく教えてくれますか」

老人はうなずくと、口を開いた。

「犬の散歩に行こうとしたら、一〇五号室の窓ガラスが割られているのに気づいたんですわ。それで驚いて部屋をのぞいたところ、こうなっていまして」

「被害者の女性について教えてください」

大家は何度かうなずいた。

「住んでいたのは木田《きだ》さんといいましてな、真面目そうな方でした」

被害者は木田苑子《そのこ》。年齢は三十二歳で独身らしい。温厚そうな人で、今までこれといったもめごともなく、家賃も滞りなかったという。

「えらい出血やな」

有村は眉間にしわを寄せた。

「どうやら傷は首だけのようです」

葉月が説明していく。首筋の傷は刃物によるものだろう。首を切断でもしようとしたのか、えぐるようについている。現場に凶器は残されていないようだ。

いったい誰がこんなむごいことを……犯行動機はまだわからないが、赦すことはできない。必ず捕まえてやる。そう思った時、冷たい風が頬を撫でた。

いつの間にか喪服のような黒いスーツの男が、遺体の前にしゃがみこんで遺体を観察している。

いつの間に入ってきたのだろう。有村や葉月も今気づいたようで、慌ててその若い男のもとに駆け寄った。

「検事、いつの間に」

振り返ったのは見知った顔だった。色白で切れ長の目に眼鏡をかけている。葉月は目を輝かせているが、祐介は顔を露骨にしかめた。

「わざわざ検視《けんし》に来てくださったんですね」

京都地検の検事、唐沢真佐人《からさわまさと》は微笑《ほほえ》んだ。

「たまたま近くに用事がありまして」

嘘をつけと祐介は心の中で毒づく。

こいつの評判は警察内ではすこぶるいいようだが、言い訳がわざとらしくて癇《かん》にさわる。そう何度もたまたま事件に遭遇してたまるか。きっと気になって飛んできたのだ。

真佐人はスマホで室内の写真を撮っていた。ローチェストの上に観葉植物があって、写真立てがいくつか飾られている。何かの会合の写真のようだ。スーツ姿の人物が何人か並んで映っている。若い男に目が留まる。どこかで見た顔だと思ったが、すぐには思い出せなかった。

「木田さんは児童相談所の職員だったようですね」

真佐人の言葉に、祐介はえっと声を上げた。

「ああ、川上さん、この前は大変でしたね。赤ちゃんを救う際に負傷したと聞きました」

「ええ、まあ」

銃で撃たれたときも、真佐人は見舞いにすら来なかった。まあ、今その話題を口にするということは、少しは気にかけてくれているのか。

真佐人は有村とともに割られた窓を確認した後、しばらくの間しゃがみ込んで遺体の首筋を食い入るように観察していた。刑事がときおり話しかけているが、振り向くこともなく応じている。

「噂通りの人ね」

葉月が真佐人の方を見ながら、小声で話しかけてきた。

「はあ？」

「唐沢検事のことよ」

葉月は遺体の前で考えこむ真佐人を見ながら言った。

「唐沢検事って、本当に誠実な人よね」

「ポーズじゃないですか。いい恰好をしたいだけでしょう」

「そんなこと……直接現場に足を運ぶ検事はいても、あれだけ本気な人ってなかなかいないわよ」

「そうですかね」

遺体を観察する真佐人の目は真剣そのものだ。葉月は賞讃するが自分はその裏まで読んでしまう。検視を警察に任せておけない。つまり俺たちは信頼されていないということだろう。つくづく嫌味な奴だ。そう思ったが、言葉は呑み込んだ。

顔を上げると、葉月が微笑んでいた。

「どうかしました?」

「なんだか、妙にむきになってるなって」

「そんなことはないですよ」

否定して葉月に背を向ける。直後に後悔した。思わず力が入ってしまい余計意識しているように思われたかもしれない。意識するなというのは無理なことだ。真佐人は俺の実の弟なのだから。もしかして真佐人はすでに犯人につながる手がかりに気づいているのか。警察の捜査より先を越されるのは決して気分がいいものではない。

視線を戻すと、真佐人の姿はなかった。どこへ行った？　辺りを見回そうとすると、耳もとでアニキとささやく声が聞こえた。

「この事件、結構手ごわい」

はっとして振り返る。真佐人は険しい顔をしてすれ違うようにしてすり抜けていき、現場を出ていった。なんだこいつ。わかったような顔しやがって。くそ、いつもながら思わせぶりな奴だ。

3

事件から間もなく、警察の動きは早かった。

すぐに捜査本部が太秦署に設置された。京都府警から捜査一課の刑事たちも乗りこんできて三階の大部屋は飽和状態だった。署長の安田富夫《やすだとみお》が達筆《たっぴつ》をふるったようで、「児相職員殺人事件捜査本部」という戒名《かいみょう》がつけられている。

「……なお、殺害に使われたと思われる果物ナイフは刃渡り一七センチ。現場アパートの茂みから発見されました」

共有すべき正確な情報が報告されていく。

木田苑子は三十二歳。死亡推定時刻は午後六時半頃。この日は有給休暇をとっていたようだ。

「状況からいって、木田さんはおそらく抵抗する暇もなく殺されたのだ」

むさくるしい刑事たちが居並ぶ前で、捜査一課係長谷田部《やたべ》稔《みのる》の訓示が続いていた。安田署長の横には色白の優男の姿があった。

この事件、結構手ごわい。

現場で真佐人が発したあの言葉が気になっている。まだ犯人につながる決定的な何かがわかったわけではないし、本格的な捜査はこれからだ。地どりで徹底的に洗っていくしかない。

「彼女がどうしてこんな目に遭わなければならなかったのか。彼女の無念を深く胸に刻み、各自、捜査にあたって欲しい」

刑事たちはそれぞれ二人一組になって、各々の与えられた役割へと散っていく。

「よう、また頼むわ」

白髪の男が手を差し伸べてきた。小寺順平《こでらじゅんぺい》捜査一課警部補。人望の厚いベテランだ。

「お久しぶりです」

祐介はその手を握る。小寺班は被害者の関係者をあたっていく重要な役どころだ。

「本当はあの子と組みたかったがな」

小寺は親指で後ろの方にいる葉月を差した。彼女は一課の関口佳成《せきぐちよしなり》警部補と地どり捜査に出て行くところだった。

「うちの娘に手を出すな。安田署長がそう言わんばかりに睨むんで、仕方なく相棒《あいぼう》はお前さんにしてもらった。運をもっているからな」

今回もその運でよろしく頼むわ、と小寺は笑った。ゲンを担ぐことが多く昔気質《かたぎ》なところがあるが、小寺のことは祐介も信頼している。このコンビでかつて一緒に犯人を追いつめ、真相を解明したことがある。もっともあれは真佐人の力も大きかったのだが。

真佐人の方をちらりと見る。あいつはこの事件、手ごわいと言っていたがそうだろうか。あっさり犯人を捕まえて被害者の無念を雪《そそ》いでやりたい。

「さて行くか」

小寺の呼びかけに、はいと大きく返事した。

車に乗りこみ、木田苑子の関係者のところに向かう。

移動中、小寺が話しかけてきた。

「児童相談所の職員ってのも大変な仕事らしいな」

「そうみたいですね。子どもを保護するときは親が抵抗して暴れることもあって現場は修羅場だそうですよ。俺もこの前、身をもって思い知らされました」

腰をさすりつつ、祐介は苦笑いした。

「子どもを連れていかれる親からは恨まれ、虐待死が起きると世間から怠慢だと糾弾されます。人手不足で激務の中、子どもを守ろうと頑張っているのに」

「やってられんな」

やがて児童相談所に着いた。

遅い時間なのに明かりがともっていた。何人かの職員が机に向かう中、田口美佐江の姿が見えた。

「夜分申しわけありません」

祐介は警察手帳を見せた。田口とはこの前の事件のことで何度か会っている。こんな短期間に別の事件でも話を聞くことになるとは。人生というものはわからない。

「木田苑子さんの件でお話を伺いに来ました」

田口は表情を曇らせつつ、口元に手を当てた。

同僚が殺人事件の被害者になるなんて相当なショックだろう。虐待事件についてはハキハキと語ってくれたのに、殺人事件については口が重かった。

「最近、木田さんに変わった様子はありませんでしたか？　トラブルとか、悩んでいる様子があったとか」

「事件と関係あるかどうかはわかりませんけど」

「かまいません。教えてください」

田口は顔を上げた。

「最近、頻繁に児童相談所に電話をかけてくる人がいたんです。直接、乗りこんできたこともあって。その人は児相に言いたいことがあるというのではなく、木田さんだけに文句があったみたいで」

「クレーマーみたいな感じでしょうか」

「ええ、入江《いりえ》さんという男の方なんですが」

田口はややためらいがちに、その名を口にした。

「木田さんのアパートの前で待ち構えていたこともあったそうです」

クレーマーにしても常軌を逸している。危険人物に間違いはない。

「その入江という人物は、何を訴えていたんですか」

「木田さんは以前、福知山《ふくちやま》の児相にいたんです。そのとき彼女が対応していた件のことらしいですが、詳しいことは話してくれなかったんです」

上司が一緒に対応しようとしていたそうだ。それまでずっと黙っていた小寺の目が心なしか鋭くなったように見えた。

田口は目頭に手を当てた。

「木田さんは北海道出身で、唯一の身内であるお母さんも少し前に亡くなられたと聞きました。こんな仕事だから、いつ行かなければならない案件が起こるかわからなくて、予定もたたないじゃないですか。人づきあいもなくなって、仕事ばかりの毎日になっていたようで。同僚としてもっと彼女のこと、気をつけてやればよかった。でもみんな、それぞれがいっぱいいっぱいで……」

耐え切れず、田口は嗚咽した。

「田口さんのせいじゃありませんよ」

彼女が落ちつくのを待って、さらに聞いていく。

木田苑子はプライベートでの交友関係は狭かったようだし、入江はかなり怪しい人物といえるだろう。

礼を言って児童相談所を後にした。

「木田さんが以前いたという福知山の児相に聞けば、入江という男とのもめごとや、彼の住所などわかるかもしれませんね」

「いや、その必要はない」

行くべき場所がわかっているかのように、小寺は早足で歩き始めた。

「知ってる奴だ」

「え？」

「入江って男のことだ」

小寺は運転席に座ってシートベルトを締める。祐介が運転しますと言うが、案内するより早い、と小寺がハンドルを握った。

「そいつは多分、入江大輔《だいすけ》って奴だ」

向かったのは福知山だった。

「どうしてそう思うんですか」

祐介は訝しげに小寺の方を向く。

「奴の妻は遥《はるか》っていってな、四年前に俺が逮捕したんだ」

「逮捕？　そうなんですか」

「調べてみな。すぐにわかるはずだ」

祐介はスマホで入江遥と検索する。すぐにヒットして、写真が出てきた。報道陣を睨みつけて、連行されていく様子だ。

「ああ、この事件ですか」

軽く記憶をたどると思い出した。福知山で赤ちゃんを虐待した母親が逮捕される事件があった。ニュースで見たときに、いかにも悪そうな女だと思ったものだ。後に虐待が原因でこの赤ちゃんは死亡し、入江遥は傷害致死罪で五年の実刑判決を受けている。まだ服役中のようだ。

「さっきの話では、木田苑子は以前、福知山の児相にいたってことだったろ」

「ああ、はい」

なるほど。だいたい見えてきた。

「四年前の虐待死事件に関わっていたのが木田さんで、二人はそのことで揉《も》めていたってことですか」

「おそらくそうだろうな」

小寺はうなずく。ただどうして今になってという疑問はあった。

高速を使って一時間半ほどで福知山に着いた。

入江の自宅に向かうが誰もおらず、小寺は入江大輔の勤務先へ車を向ける。電子部品メーカーの下請けをやっている中規模程度の工場だった。

「夜勤ってことはアリバイがあるんでしょうか」

「被害者が殺されたのは六時半頃だ。移動する時間はあったかもしれん」

事務室に向かうと、祐介は工場長に事情を説明した。

入江はこの工場で今も働いているようだ。

「入江さんですが、昨日の午後六時半頃は勤務中でしたか」

工場長は記録を調べてくれた。

「いえ、夜勤は午後九時からなので」

祐介と小寺は顔を見合わす。これでますます怪しくなった。作業中で悪いが、入江を呼び出してもらうよう頼んだ。

「川上、お前が話を訊け。俺はその陰から見ている」

「わかりました」

しばらく待っていると、作業着の男が姿を見せた。祐介が警察手帳を見せると、入江は帽子をとる。

「木田苑子さんのことでお聞きしたいことがあります」

彼女の名前を出した途端、入江の顔が青ざめた。この反応、わかりやすくていい。いきなりビンゴのようだ。

「彼女のこと、ご存知ですよね」

「それは、まあ」

「亡くなられたことも」

祐介の言葉に入江は驚いた表情を浮かべ、首を左右に振った。殺されたことを話すと、入江は上目遣いに祐介を見つめた。

「俺が殺したって疑っているんですか」

「関係者全員に事情を聞いているんです。児童相談所で木田さんのことをお聞きしたら、あなたの名前が出てきましたのでこうして伺っただけです」

入江は両手を作業着のポケットにつっこんだ。

「木田さんが勤務されていた児童相談所に何度も電話していたそうですね。直接会いに来たこともあったと聞きました」

「それは……ええ」

否定しても無駄だと思ったのか。入江はあっさり認めた。

「自宅まで押しかけたそうじゃないですか。何のためにそんなことをしたんです？」

入江は言いづらそうに下を向いて、こっちにも事情があるとつぶやく。だが祐介の冷たい視線を感じたようで、すぐに顔を上げた。

「でも俺は殺してません」

否認するか。まあいい。

「では午後六時半ごろ、どこにいましたか」

「家で寝てましたよ。いつも七時に起きるんで」

「それを証明できる人はいますか」

ため息が返ってきた。

「いませんね」

入江は慣れているのか、変に落ちついている。半端なアリバイでも主張するなら、そこから崩してやろうかとも思ったがそれもない。そう思っていると、入江の顔は瞬く間に険しくなっていった。祐介を睨みつけている。いや、その視線はどこか少しずれていた。

「もういい。引き上げるぞ」

振り返ると、小寺が手招いていた。

「お邪魔しましたな」

入江は無言で小寺を見つめている。その顔にははっきりと激しい怒りが込められていた。入江への疑いは深まるばかりだったのだが、祐介は小寺とともにその場を後にした。

帰りのハンドルは祐介が握った。

「入江、すごい目で見てましたね」

「ああ、あいつは俺を恨んでいるだろうよ」

妻を逮捕された逆恨みということか。

「本当ならあいつも逮捕されるはずだった。一緒にいたのに妻の遥だけが虐待していたなんておかしいだろ」

「確かにそうですね」

「近所の人から通報があって、以前から警戒されていたらしい。遥の方は取り調べですぐに自白したんだが、大輔の方は最後まで口を割らなかった」

助手席で小寺はガムを口に入れた。

「証拠さえあれば、あいつも逮捕できたはずだったんだが」

「虐待の証拠ですか。俺もちょうど別件の虐待事件で医師の意見書をもらってきたところなんです。家庭内だと目撃者もいないし、被害者はしゃべれない赤ちゃん。証拠を押さえるのが難しいですよね」

小寺はガムを嚙みながら、いや、と小さく言った。

「証拠はあったはずなんだ」

「どういうことです？」

「ベビーカメラだ」

「なんですか、それ」

「子どもを見守る監視カメラみたいなもんだ」

何となく思い浮かんだ。留守中にペットを見守るものもあった気がする。

「入江の家にはそれがあったんだ。だがどういうわけか事件の前後、家からなくなってたらしい。おかしいだろ」

確かにおかしい。そんなタイミングでなくなるなんて。見られてまずいものが映っていたに違いない。

「入江はベビーカメラについて何と言っていたんですか」

「病院に行っている間に盗まれたって言い訳していた。パニックで鍵をかけ忘れていたからって。そんなわけあるか。誰があんなもん、盗んでいくっていうんだ」

小寺はガムを嚙んでいたが、もう一個、放り込む。

「妻は自白したものの、自分だけは逃れようとしてベビーカメラをどこかに隠したんだ」

「そうでしょうね」

やはり本命は入江。木田苑子と昔の事件がらみでもめた末の犯行だろう。もしかすると木田苑子は入江の虐待を証明する何かに気づいたために消されてしまったのかもしれない。だが今の時点では推測に過ぎない。時間をかけて証拠を集めていく必要があるようだ。

陽が昇り、捜査本部には捜査員たちが帰ってきた。

大部屋で報告会が始まる。葉月は徹夜の疲れも見せずに捜査一課の関口刑事と並んで座っている。真佐人の姿もあった。中指で眼鏡を押し上げている。

「凶器の果物ナイフにあった指紋は二つ。一つは被害者のものでしたが、もう一つは不明です」

凶器は被害者の自宅にあったものだろう。ということはそのもう一つの指紋の持ち主が犯人である可能性が高い。

小寺は入江大輔について報告した。怪しい人物であることは誰もが感じたようで、ざわめきが起きていた。続けて地どり捜査にあたっていた関口が報告をする。以前祐介も組んだことのある刑事だ。

鼻の下をこする関口は、どことなく自信ありげな顔に思えた。

「事件のあった日の午後六時四十分ごろ、同じアパートの二階の住人がガラスの割れる音を聞いていました。何だろうと思って窓の外を見ると、フェンスを乗り越えて逃走していく人物がいたということです」

谷田部や安田の目が大きくなった。確かにその目撃情報が本当なら、犯人に違いない。入江のことだろうか。

「特徴は？　どんな男だ」

安田が興奮気味に問いかける。勝手に男だと決めつけているのには困ったものだが、焦る気持ちはわかる。関口はせかすなとでも言いたげに、少し間をあけた。

「身長は一七〇センチくらい。痩せ型で若い男だったということです」

漠然とした特徴に、安田が顔をしかめた。

「あ、ですが顔も見てると言ってますんで。今、その目撃者に来てもらって、モンタージュ写真を作っているところでして」

関口は取り繕うように言った。

「小寺、さっき言っていた入江大輔の特徴は？」

谷田部に問われ、小寺は立ち上がった。

「目撃情報と一致しますね」

「ではすぐ、入江かどうか確認を」

「わかりました」

凶器の果物ナイフに残された指紋と入江の指紋が一致すれば間違いない。目撃者にも入江の顔写真を見せれば、見た男かどうかわかるはずだ。

真佐人は無言のまま、捜査員の報告を聞いていた。現場に検視に来た時、この事件は簡単じゃないと偉そうにのたまっていたが、入江大輔による犯行ということであっさりと終わるのかもしれない。

そう思ったとき、一人の警官が足早に入ってきた。

耳打ちをされた谷田部の顔色が一瞬で変わる。横にいた真佐人にも聞こえたようで、珍しく驚いた表情を浮かべた。

「どうした？」

ただ事ではない。少しざわめき始めた大部屋内で小寺と祐介は顔を見あわせる。

報告を受けた谷田部が深呼吸してから、捜査員全員に向けて話しだした。

「今、一人の男が太秦署に自首した。木田苑子を殺したのは自分だと。アパートの目撃者も、その男に間違いないと言っているそうだ」

「自首？　入江大輔ですか」

小寺が問いかけた。こちらがプレッシャーをかけたので、たまらず自首したのだろうか。

だが谷田部はゆっくりと首を横に振った。

「その男の名前は久保見潤。小児科医だ」

祐介は大きく目を見開く。そんな馬鹿な。あの医師が……。谷田部が説明を続けるが、驚きの声がざわざわと上がっている。

谷田部の隣を見る。真佐人はすでに落ち着きを取り戻し、射るようなまなざしでどこか遠くを見つめていた。

4

窓の外の歩道には、水泳バッグを手にした子どもたちの姿が見える。

夏休み。まだ宿題に追われるには早いし、楽しい時期だろう。自分にもそんな頃があったな。真佐人と二人、毎日遊びほうけていた。そうだ。父があんなことになるまではいつも一緒だった。

「さてと、始めるか」

取調室には、小寺が待っていた。ゆっくりとパイプ椅子に腰かける。祐介は壁にもたれたまま、被疑者が連れてこられるのを待った。

「まさかこんなことになるとはな」

小寺のつぶやきに、祐介もええと言ってうなずく。

「俺、久保見医師には世話になったばかりだったんですよ」

祐介はこの前の虐待事件のことを話した。

「俺も入江の虐待事件のとき、鑑定書を書いてもらった。信頼できる奴で娘の旦那候補くらいにはしてやってもいいと思っていた」

小寺の娘は当時まだ中学生だろう。冗談か何かわからないので聞き流しておいた。本当に彼が犯人なら、祐介と病院で会ってから半日も経たないうちに木田苑子を殺したことになる。病院で見た彼と殺人者のイメージが、どうしても結びつかない。

「どんな事情があったのか、聞いてやるさ」

そうこうしているうちに、被疑者が連れてこられた。

よろしくお願いしますと、久保見は頭を下げた。白衣を着ていないと、どこにでもいそうなさわやかな男性に見える。腰縄を解かれ、パイプ椅子に結び付けられる。小寺に座るように言われて、久保見はうつむいたまま腰かけた。小寺は優しい顔のまま、正面の久保見に静かに語りかけた。

「もう四年も経ちますが、あの時は世話になりました」

久保見は顔を上げた。そこには疲れてはいたが、数日前に見た端整な顔があった。

「あの頃、あなたはまだ駆け出しといっていいくらいだったのに、虐待問題にかける情熱は誰にも負けませんでしたね。素人目にもよくわかりましたよ。あなたの言葉には心に訴えかけるものがあった。だから検事も証言をあなたに任せた」

無言のまま、久保見は小寺の話を聞いていた。

「久保見先生、今では虐待事件の法廷であなたの意見書が欠かせないようになったとか。いやあ、本当にたいしたもんです。そんなあなたがどうして人殺しなど……まあ、そのことはおいおい聞いていくことにしましょう」

顔見知りだからというわけではなく、小寺はどの被疑者にも穏やかに接する。情に訴えていくことが得意で、思わぬ真実を掘り出すこともある。

「さて取り調べを始めますか。あなたには黙秘権があります。自分に不利になることについては言わなくとも構いません。ただまあ、こうして自首してきたんですから、全て正直に語ってもらえるものだと信じていますよ」

久保見は両ひざの上に手を置いた。

「お聞きします。あなたが木田苑子さんを殺したんですね」

小寺の問いに、久保見は大きくうなずいた。

「間違いありません」

「あなたと木田さんはどういうご関係ですか」

「交際していました」

ほう、と小寺は目を瞬かせる。児相職員の話では木田苑子は多忙でプライベートの交友関係があまりないということだったが。まあ、多忙な者同士、周囲に知られずひっそりと付き合っていたということか。

「彼女とは児童虐待防止委員会で知り合いました」

なるほど、仕事を通じて知り合ったのか。志を同じくする二人が意気投合して恋に落ちたというわけか。

「事件当時のこと、詳しく話してもらえますか」

「ええ」

久保見は淡々と語りはじめた。

「あの日の午後六時半ごろ、僕は車で木田さんのアパートに行きました。そこで彼女に別れ話を切り出したんです」

「別れ話？　それはまたどうしてですか」

「四条会《しじょうかい》会長のお孫さんと、見合い話がありまして」

小寺の目つきが少し厳しくなった。四条会というのは、関西では有名な医療法人だ。政治家などにも通じていて大きな力をもつと言われている。

「要するに、木田さんが縁談の邪魔になったというわけですか」

祐介が問いを発した。

「そういうことです」

久保見はため息まじりにこうべを垂れた。

「急に言い出した僕が悪いんです。彼女はショックで取り乱してしまって。別れるくらいならあなたを殺して私も死ぬと言い出し、台所から果物ナイフを持ち出しました。僕は落ち着くように言ったんですが、全く耳に入らず、半狂乱になって。僕は彼女の手から何とか果物ナイフを取り上げました」

人を殺したというのに、久保見はいたって落ちついて話している。もみ合っている間に刺さったと事故や正当防衛を主張するつもりだろうか。

「そうしたら今度は、四条会に電話すると言い出したんです。自分とのことを話すって。今考えると彼女が電話しても、別れようとしていたのだから問題はないと思うんですが、そのときはこれで結婚が壊されると思って、パニックになってしまったんです」

「それで刺したんですか」

小寺は鋭いまなざしで久保見を見つめた。

「はい」

「どのように刺しましたか」

「右側から首筋を刺しました。この頸動脈のあたりです」

久保見は自分の首もとに手を当てた。

事件は報道されているが、遺体の詳しい様子については、公表されていない。久保見の供述は実際の状況と矛盾なく、犯人しか知りえない情報だった。

ただよくわからないのは割られていた窓ガラスだ。この話なら久保見は普通に玄関から入ったことになる。割る必要などないではないか。

「犯行後、凶器はどうしました？」

「アパートの裏、茂みのところに捨てました」

「持ち去ったものの、すぐに捨てたんですね」

少し間があって、久保見は首を縦に振った。

「それから車に戻ってスパナを持ち出しました。フェンスをよじ登って、外からガラス窓を割って鍵を開けました。そして同じようにフェンス乗り越え、車で逃走したんです」

「どうしてわざわざそんなことを？」

「侵入者の仕業に見せかけるためです」

祐介はゆっくりうなずく。なるほど、ガラス窓の謎はこれで解消された。小寺は瞬きすることもなくじっと久保見の顔を見つめている。

「それから車で行くあてもなく走り回っていました。でもだんだんと冷静になってきて。逃げる時、マンションの住人の方に顔を見られました。ナイフもただ捨てただけ。指紋だってついているし、すぐにばれるに決まっている。だったら自首するしかない。そう思ったんです。ただ決断するのに時間がかかってしまいました」

久保見はうなだれた。

「すみませんでした。僕が悪いんです」

それから小寺は同じ内容の質問を、言葉を変えながらくり返していった。その一つひとつに久保見は丁寧に答えていく。

「さてと、今日はこれで終わりです」

連れていかれる時、久保見は頭を下げた。

「ご迷惑おかけしました」

自首してきているのだから当然だが、これといっておかしなところはなかった。侵入者の犯行に見せかけるなんて手のこんだことをしたわりに、あっけないほど潔い態度。模範的な被疑者という感じだった。

「おつかれさん」

小寺は祐介の肩を叩き、取り調べ室を出て行った。

「川上、いいか」

代わりにやって来たのは有村だった。

「凶器のナイフの指紋、久保見のものと一致した」

駄目押しのような一撃が入った。アパートのドアの取っ手や他の場所からも久保見の指紋が見つかり、木田苑子のスマホにも久保見との通話履歴が残っていたという。これで物証も完璧だ。

「そうですか。わかりました」

入江大輔に目をつけてから間もないというのに、事件は思わぬ形であっさりと決着したようだ。

アイスコーヒーをブラックで胃に流し込んだ。

木田苑子が殺されてから一週間が経つ。相変わらず猛暑が続く。久保見の身柄は太秦署のままだが、既に送検されている。捜査本部は解散され、太秦署には日常が戻った。

エリート医師の転落は人々の興味をひくらしく、ワイドショーの恰好のネタになっている。少しでも情報を得るべく、祐介の近辺にも記者連中がやって来てうっとうしい。

スマホに連絡が入った。

表示されたのは真佐人の番号だ。久保見のことだろうか。この事件、結構手ごわいとあいつは言っていた。だが捜査本部ができてから一日足らずで決着がついた。真佐人の予想は外れたことになる。

何故か勝ち誇った気持ちで廊下に出ると、周りに人がいないのを確認してから電話に出た。

「はい、もしもし」

「今、太秦署に来ている」

久保見の取り調べを終えたところだという。今から会って話せないかというので駐車場の方に向かう。真佐人はこちらに気づくと、眼鏡を押し上げた。

「用件は児相職員殺しのことだ」

やはりそうか。真佐人の予想は外れたが、こちらも入江大輔という犯人候補をつかんだ直後の久保見の自首だったのだから痛み分けだ。いや、事件の真相究明について、勝負のように考えるべきでない。葉月に言われたとおり、意識しすぎだなと少し反省した。

「調べて欲しいことがある」

何だろうか。これで証拠が足りないと言われたらどうしようもない。

「証拠は問題ない」

「それならなんだ？」

「犯行動機だ」

祐介は動機とくり返す。

「四条会の会長が久保見に見合い話を持ちかけたのは事実らしい。ただそれは半年くらい前のことで、久保見にはすぐに断られたそうだ」

「久保見の方から断ったのか」

「ああ、孫娘は残念がっていたようだ」

それが事実なら、確かにおかしい。久保見が木田苑子と揉めた原因が違ってきてしまう。

「真佐人、お前の言うようにおかしいと俺も思う。だが別れるための口実として久保見が木田さんに嘘をついただけなのかもしれない」

「事件現場でアニキは写真を見たか」

「ああ?」

「ローチェストの上に久保見が写っている写真があった」

記憶をたどる。そうか、そういえばあった。その時は気に留めなかったが、何かの会合らしく、見覚えのある若い男も写っていた。

「二人が知り合いだったのは事実だろう」

真佐人はスマホを取り出し、その時に撮った写真を見せた。児童虐待防止委員会の会合とのことで、久保見も写っている。

「窓を割って偽装工作までする奴が、どうして置かれた自分が写っている写真を持ち去らなかった? それに凶器を持ち去ったくせにすぐ近くの茂みに捨てた。指紋もぬぐうことなく。おかしなことだらけに俺には見える」

確かにそれは言える。だがとっさのことで気が回らなかっただけかもしれない。

「多少おかしい部分はあっても、そこまで完璧にしないと起訴できないってもんじゃないだろう」

「ああ、起訴はする。だが一番気になることは別にある」

「何だ？」

問いかけると、真佐人はもったいぶるように缶コーヒーを口にした。ふん、偉そうに言ったのに、一日で事件が解決して歯がゆい気持ちなんじゃないのか。そうからかってやろうと思ったが、真佐人は涼しげな目でこちらを見た。

「四年前、福知山で起きた事件だ」

祐介ははっとした。入江大輔。久保見が自首してきたために、いつの間にか消えていった線。

「あの事件に、この事件の真相がきっとある」

真佐人はネクタイを緩めて風を受ける。

どういう意味だと問いかけようとしたが、裏口の方から事務官が機材を持ってくるのが見えた。慌てて真佐人と距離をとろうとすると、逆に詰め寄られる。真佐人は頼んだと言い残し、車に乗りこみ消えていった。

この事件には本当にまだ何か裏があるのか。祐介はやかましい蟬を睨みつけて、肩口で汗をぬぐった。

5

気持ちよく飛ばしているフェラーリの横を、バイクで追い抜いた。

まずいな。いつの間にかスピードが出過ぎている。刑事が休日、スピード違反で逮捕なんてことになったら目も当てられない。捜査本部は解散された。今度こそ久しぶりの休日と思っていたのに、祐介は福知山に向かっていた。

自分でも馬鹿らしく思える。それでもこうして休日をつぶしているのは、真佐人の言葉が気になるからだ。

「確かにどこか変だ」

久保見の取調室での態度は殊勝だった。ただ完璧すぎてどこかおかしい。別れようとしていたとはいえ、木田苑子はつきあっていた女性だ。パニックになったからといって殺してしまうなんてことはあり得るだろうか。殺し方も衝動的と言うには無理があって残忍といっていいくらいだ。怪しいと思えば、色々なことが怪しく思えてくる。

高速を降りて、この前小寺と来た道をたどっていった。入江大輔。まだ気づいていないこの事件の真相について、何か知っているのだろうか。

入江の自宅の前の道路には赤い車が停まっていた。駐車場にはもう一台、車がある。来客だろうか。

玄関の扉が開いて誰かが出てきた。小柄な若い女だ。妻はまだ服役中だと聞く。誰だろうと訝しんでいると、意外にもよく知っている顔だった。

「川上さん、何でここにおるん？」

「それはこちらのセリフだ」

甲高い声の女は、左京《さきよう》法律事務所の弁護士、宇都宮実桜《うつのみやみお》だった。

「……もしかして」

実桜はつぶらな瞳を細め、口をとがらせる。まずいな。ここへ小寺とともに話を聞きに来ていたことを、入江に聞いているかもしれない。

なんと切り出そうかと考えていたら、実桜の方から口を開いた。

「入江さんをまだ疑ってるんですか。別の人が逮捕されたんでしょう？」

やはり全てばれている。祐介はそっぽを向いた。

「まあ、いくら聞いても本当のことは答えられへんのやろ。でも入江さんは犯人じゃありません」

どうしてこの女はいつもタイミングよく……さすがに偶然ここに来たとは言い逃れできない。そうこうしていると、玄関の扉が開いた。

「宇都宮先生、もういいですよ」

二人のやり取りを聞いていたようで、入江が扉の向こうから顔を見せた。

「刑事さん、中に入ってもらえませんか。宇都宮先生ももう一度、お願いします。話したいことがあるんで」

入江は親指で家の中を示した。

どういうことだ。それはこちらも望むところだが、ここに弁護士がいる意味がわからない。返事をするより先に、せっかちな実桜に背中を押されるようにして玄関に入る。妻が不在なのに、中はきれいに整えられていた。入っていくと、線香の匂いが漂ってきた。

通されたのは仏間だった。仏壇には赤ちゃんの写真がある。虐待されて亡くなった男の子だろう。

その横にはもう一つ、写真があった。

「……えっ」

そこには赤ちゃんを抱っこした女性の姿があった。彼の妻、遥だ。

ということは、まさか……。

「遥は刑務所で先月、首を吊って死にました」

言葉を失った。隣で実桜が目を潤《うる》ませている。

「これを読んでください」

差し出されたのは一通の手紙だった。


――大輔へ。

ごめんな。つらくてあかんねん。弁護士さんは再審で頑張りましょうとかいうけど、もう疲れた。陸斗《りくと》、もう帰ってけえへんし。虐待なんてしとらん。何で誰も信じてくれへんの？　かわいい陸斗のこと、虐待なんかするわけないのに。あの子を愛しとる気持ちまで否定されて、みんなからひどい親やって見られ続けるのに耐えられへん。大輔、ごめんな、ホンマにごめんな。

遥

言葉がみつからなかった。

隣で入江は顔を紅潮させて奥歯を嚙みしめている。実桜もハンカチを取り出し、ぐすぐすと洟《はな》をすすりながら涙ぐんでいる。

手紙を手にしばらく無言のまま動けずにいると、入江が口を開いた。

「刑事さん、俺が木田苑子さんにしつこくつきまとっていたのは事実です。けどそれには理由があって、殺人事件とは関係ないんです」

ふっきれたような強いまなざしに、祐介は気《け》おされた。

「俺も遥も虐待なんてしていない」

入江は震える拳をぐっと握りしめた。

「あの子の具合が悪くなったのは、後ろに倒れて頭を打ったからなんだ。忘れもしない。四年前の六月十九日。俺も遥もちゃんと見ていた。そのことを必死で訴えたが誰も信じてくれなかった。それどころか嘘をついて逃れようとしていると決めつけられて、ひどい親だなんて言われて……」

うおおと入江は大声で叫ぶと、その場に崩れた。

「大事な……命より大事な陸斗に虐待なんてするわけあるか！」

叫んだあと、入江は嗚咽した。

これが演技だろうか。とてもそうは思えない。

小寺から聞いた話とは違っている。妻の遥は早々に虐待を認めたが、夫の大輔はしぶとく口を割らなかったということだった。ベビーカメラがなくなったという話も、彼らの怪しさを増すだけだった。

実桜が洟をすすりながら、祐介の方を向いた。

「入江さんが木田さんに聞いて欲しかったのは、このことやったんです」

そうなのかもしれない。実桜の言葉が疑いの余地のない事実として、祐介の中にすっと落ちていった。

「確かに遥さんは取り調べですぐに自白しました。でもそれは瀕死の陸斗ちゃんに一刻も早く会いたい一心からやったんです。否認している限り、会わせてはもらえないから。でも結局、わが子の死に目にも会わせてもらえんかった」

再び仏壇の遺影に視線を戻す。

「あの時、対応に当たっていた児相の職員が木田さんやったんです。公判の焦点はゆさぶりによる虐待があったか否かでした。そして検察側の証人として法廷に立った医師の名は久保見潤……」

実桜に言われて、祐介はあっと声を上げた。

「久保見は陸斗ちゃんの治療に当たってもいないのに、虐待に間違いはないって証言しました。そしてその証言が決め手となって遥さんには有罪判決が出たんです」

実桜は入江の依頼を受けて、再審請求に向けて動き出そうとしていたところだったのだという。

「久保見医師は専門医でもないのに、あちこちの虐待事件で証言しているんです」

「ちょっと待ってくれ」

祐介は実桜の口に封をするように手をかざし、異議を申し出た。

「久保見が専門医じゃないってどういうことだ」

「確かに彼は小児科医であり、虐待に詳しい医師です。児童虐待防止委員会でも活躍している。でも脳の治療の専門医ではありません。直接、陸斗ちゃんの手術に当たったのは小児脳神経外科医です。それなのに久保見が医師という立場で虐待であると証言すると、誰にとってもそれが真実に聞こえてしまう。裁判官だって物証がない状況で、彼の言葉を鵜呑みにしてしまう」

そう言えば田口が保護した赤ちゃんも久保見が救急で診た後、手術のために転院したと言っていた。実桜はさらに続けた。

「陸斗ちゃんの治療にあたった脳神経外科の先生が言っていました。倒れて頭を打つだけでも脳に障害が出てしまう赤ちゃんはいる。虐待と事故を見分けることは難しいって」

つまり医者の見立てによって診断が違ってくるということか。

「虐待から子どもの命を守ることは正義です。でも虐待を見すごすくらいなら間違っていてもいいから子どもを保護すべきだというのは、正義とはちょっと違うんやないですか。間違えることで平穏な日々を壊される人たちだっているんです。子どもの命と同じように、大切にされるべきことでしょう」

やがて落ち着きを取り戻した入江がつぶやいた。

「刑事さん、俺が木田さんに無実を認めて欲しくてしつこく迫ったのはやり過ぎだったと思う。遥が死んでどうかしていた」

入江の視線の先には、空っぽのゆりかごがあった。

「俺たちは必死で無実を訴えたよ。聞いてくれる人もいた。だが最後はこう言うんだ。密室のことは誰にもわからないって……。だが俺と遥は陸斗が頭を打って具合が悪くなるのをちゃんと見ていたんだ。俺たちにとってここは密室なんかじゃない」

返す言葉は見つからなかった。密室のゆりかごか。いくら本人たちがそう言おうと、それを証明することなどできない。だが……。

実桜がまっすぐな目を祐介に向けた。

「虐待を防ぐことと、冤罪を防ぐことは相反することやないんです。どっちも大事。あかんのはこれが正義だと決めつけて、他の可能性について考えないことやって思います」

入江は下を向いている。部屋から言葉が消えた。

やりきれない気持ちのまま、祐介は入江宅を後にした。

バイクで高速を走る。入江の言葉が心に深く刺さっている。自分には彼の言うことが嘘には思えない。

四年前の虐待事件が本当は事故だったとしたら。入江遥は苦しみに耐えきれずに命を絶ってしまった。彼女の逮捕に関わっていた木田苑子と久保見、遥の自殺から間もなく起きた殺人事件、この二つの出来事は裏で何か関係しているのだろうか。考えれば考えるほど、巨大な何かがせり上がってくるような感覚だった。

6

久しぶりの休日は、疲れだけが重く残った。

アイスコーヒーをちびちびやりながら、祐介は一人、刑事部屋の机に向かっていた。

真佐人の言うように、どうやらこの事件にはまだ見えていない何かがある。久保見に近い人物に何人か話を聞いたが、誰一人、彼の恋愛事情を知る者はいなかった。

木田苑子と恋人関係だったという裏付けは皆無だ。二人が話をしている様子を知る者も、とてもそんな関係には見えなかったと皆驚いていた。隠れて付き合っていたからだと言ってしまえばそれまでだが。通話の履歴はわずか。やりとりしていたメールの文面は事務的なものしかない。

電話が鳴った。表示は真佐人だ。最近よくかかってくる。兄弟としてではなく、あいつは俺のことを駒の一つとしてしか見ていないようだが。

「もしもし」

「アニキ、何かわかったか」

誰と話しているのかと、変に思われたらまずい。席を立ち、言葉を選びながら人《ひと》気《け》のない廊下へ移動した。入江に会ったときのことを伝えると、入江遥の自殺について真佐人は知っていた。

「俺はあの虐待事件、本当は虐待ではなく事故だったと思っている」

やはり真佐人もそう思うか。祐介はすかさず口を開いた。

「それが久保見の犯行動機にからんでいる。そういうことだな？」

「ああ、おそらく」

真佐人はやっとここまで来たかと言いたげだった。

「久保見が色恋沙汰で木田を殺したと嘘をついたのは、四年前の事件が虐待ではなかったことを隠すためじゃないのか」

祐介の言葉に、真佐人もそうだなと同意した。

「久保見は一つでも間違いを認めたら、本当に虐待だった事件まで疑われ、自分の証言の信ぴょう性が揺らいでしまうことを怖がっているのだろう。久保見は子どもを虐待から守るため、それだけは避けるべきだと思っている可能性が高い。それが久保見にとっての正義なんだろう。歪んだ正義だが」

「真佐人、だとしてもどうやって久保見の口を割らせる？　証拠はないぞ」

「いや、きっとある。木田苑子が入江遥の無実を示す何かを持っていた。だからこそ殺されてしまった。俺はそう思う」

「証拠？　そんなもの存在するのか」

「虐待ではなく事故だったと公言したところで、物証がなければたいした影響力はないだろう。きっと決定的な証拠だったんだ。久保見によって完璧に隠滅されているならどうしようもないが、何とか見つけ出すことができれば……」

真佐人は通話を切った。

虐待がなかったことを示す何か。いったい何だというのだろう。くそ、まるでわからない。

いや、まてよ……何かが浮かびかけた時、葉月がやって来た。

「川上くん、いい？」

「はい、なんです」

「来客よ。アポなしだけど会いたいって方がみえていて。大事な話だとか」

誰だろうか。そう思って階段を下る。廊下で待っていたのは児相職員、田口美佐江だった。手提げ袋を持つ両手が震えている。青白い表情からもただ事でないことはよくわかった。

「どうぞ、こちらへ」

二階にある応接室へ招いた。

「田口さん、突然どうされたんですか」

「どうしてもお見せしたいものがあって。この前、私の自宅に届いたんです」

田口は手提げ袋から、小さな段ボール箱をとり出した。

「送り主は木田さんです」

「えっ」

驚いて箱に貼りつけられている送り状を見ると、印刷した文字だが確かに彼女の名前と住所が記されていた。慌てて箱を開けると、中には白くて丸みを帯びた機材が入っていた。

それはモニターと小型カメラのようなものだった。

「もしかしてこれって……」

田口はうなずく。

「ベビーカメラです」

実物は見たことがなかったが、以前、小寺からそんなものがあるのだと聞いた。そして今、まさにそのことを思い浮かべたところだった。虐待の証拠になりえたはずなのに、何故か入江家から消えていたというあれだ。

「このボタンを押せば再生できます。見てください」

言われるままに、祐介はボタンを押した。

モニター画面に日付や時刻が表示されている。四年前の六月十九日。それは入江陸斗の虐待事件が起きた日に間違いなかった。入江の悲痛な叫びが脳裏によみがえり、祐介は一瞬、固まった。

映し出されているのはベビーベッドだ。赤ちゃんがすやすや眠っている。横に編みかけの帽子が置かれている。

早送りすると、途中で陸斗が目覚めた。大声で泣き始める。間もなく遥がやって来た。愛おしそうに微笑むと抱き上げる。それは虐待する親のイメージとは程遠いものだった。やがて大輔もやって来た。陸斗はあやされると泣き止んで笑う。とても元気そうだ。

陸斗がいったん画面から消えて、再び映った。ベビーベッドの下に座っている。服が違うのでおむつでも替えてもらったのだろうか。そう思っていると、陸斗はベビーベッドにつかまって、ゆっくりと立ち上がった。つかまったまま、よちよちと歩いている。だが次の瞬間、陸斗は後ろ向きに倒れた。

大きな泣き声。遥と大輔が駆け寄るが、陸斗の様子がおかしくなった。倒れたまま、手足がけいれんしている。抱き上げられて、画面から消えたり映ったりをくり返す。しばらく混乱している状態が続き、やがて救急隊員が陸斗を抱き上げて、誰も映らなくなった。早送りすると電池切れか、そこで終わった。

何だこれは……。

入江から聞いた話の通りだ。密室と思われていた虐待事件の現場に、こんなにもはっきりとした証拠があったなんて。これはどう見ても虐待ではない。事故だ。

入江遥は無実だった。

赤ちゃんは転んで頭を打っただけでも脳に障害が出ることがある。実桜の言葉が浮かんだ。ベビーカメラに映っていたのはその通りの事実だ。

手紙も入っている。

――私は四年前、入江さん宅からこのベビーカメラとモニターを盗みました。通報があって以前から警戒していた家でしたし、陸斗ちゃんが担ぎ込まれた後、入江さんに虐待の証拠を隠滅されるかもしれないと思ったからです。ですが中身を確認し、思わぬ内容に愕然としました。通報した近所の人に事情を聞いたところ、赤ちゃんのいる入江さん夫婦に嫉妬して嘘の通報をしたと認めました。入江さんは虐待していません。でも言えなかった。盗んだという後ろめたさがあってずっと隠していたんです。本当にどう詫びていいのか私にはわからない。これを公表するかどうかはお任せします。

木田苑子

ごめんなさいと田口は震えながら頭を下げた。

「すぐに警察に言うべきだと思ったんですが、私も怖くて……」

「これが届いたのはいつですか」

「事件の二日後です」

ということは殺される直前に送ったことになる。もっと早く知らせてくれれば……いや、田口を責めることはできない。こんなものが殺された人間から送られてきたら恐ろしいだろう。何の意図があるのか、自分も何かに巻きこまれて危ない目にあうんじゃないか。きっと今日、やっとの思いでこうして持ってきてくれたのだろう。感謝するしかない。

やがて田口は帰っていった。

その夜は寮に戻らず、そのまま西京極《にしきょうごく》に向かった。

心はどんよりと重かった。さっき小寺に連絡し、これから飲み屋で会うことになった。

午後十時前。小寺のなじみというその居酒屋は、思ったより空いていた。暖簾をくぐると、見覚えのある銀髪が目に入る。すでに出来上がっている顔で、小寺は串カツを手にビールを飲んでいた。

「呼び出してすみません、テラさん」

「児相職員の事件、犯人逮捕の祝杯あげてなかったし、いいタイミングだ」

機嫌のよい小寺を前に笑顔を作るが、これから話そうとしていることを思うと、真っすぐ顔を見られなかった。

祐介は差し出されたグラスを受けとる。勢いよく注《つ》がれるビールがこぼれそうになって慌てて口をつける。早いところ話を切り出すべきだろう。運ばれてきた串カツも、前に一緒に食べた時とは違って味がよくわからない。

「その事件のことなんですが」

「ああ?」

「まだ終わってません」

小寺はほろ酔いでとろんとした目をこちらに向けた。

「実は今日、児相職員の田口さんが訪ねてきたんです」

入江遥の自殺について告げると、小寺はキャベツに串を刺したまま固まった。

祐介も言葉を続けることができず、しばらくの間、他の客たちのにぎやかに笑う声と、串カツを揚げる音だけが聞こえていた。

ビールを一気に飲みほすと、小寺はテーブルにジョッキを置いた。祐介と目が合う。その視線にうながされるように、祐介は再び口を開いた。入江から聞いたこと、そしてベビーカメラについて。

小寺は熱燗を追加で注文し、それをちびちびやりながら、黙って話を聞き続けた。祐介の話が終わるとしばらく沈黙が続く。

「なんでもっと早く知らせてくれなかった」

こちらに向けられた小寺の顔が、見たこともないような表情に歪んでいた。

「入江遥が自殺した？　何てことだ……」

「すみません。虐待事件が事故だという確証を得るまで言い出せませんでした。でも入江遥の自殺だけはすぐにお伝えしておくべきでした」

祐介は深く頭を下げることしかできなかった。

小寺は顔を押さえたまま、天井を見上げた。

祐介自身も逮捕した被疑者が、本当は無実だったのではないか……そう思うことが皆無だったわけではない。だがそんな迷いを引きずったままではこの世界でやっていけない。

「この前、お前と一緒に入江のとこへ行ったとき、あいつはすごい目で俺を見ていた。よく怒らずにこらえていたもんだ」

祐介はそのことについては何も言えなかった。

「テラさん、もうすぐ久保見は起訴されます。でもその前に俺たちにできることがあるはずです」

「できること？」

「あいつが隠していることを、全部吐かせましょう」

見えているのだ。久保見の心の内は。小寺は空のジョッキの取っ手をにぎりしめたまましばらく口を閉ざしていたが、ようやく口を開いた。

「ああ、わかってる」

小寺の目にようやく、いつもの炎がともったように見えた。

7

数日後、祐介は取調室にいた。

「川上、今日は俺に任せろ」

銀髪が炎のようになびいている。勾留期限はぎりぎりに迫っている。久保見を殺人で起訴することは揺るがないとはいえ、奴は本当の犯行動機を隠している。

「尻ぬぐいは自分でするさ」

久保見に真相を語らせることができたとしても、入江遥への償いにならないことくらい百も承知。それでも必ず吐かせて、一連の事件に本当の決着をつける。そんな覚悟が手にとるように伝わってきた。

「ここの部屋ですね」

「ああ、もちろん」

小寺と祐介は取調室で静かに待った。あの時とは違って一言もしゃべらない。ただ静かに久保見の到着を待った。

やがて久保見が連れられてきた。腰ひもをパイプ椅子につながれていく。何度も取り調べを受けているので、すっかり慣れた様子だ。

「よろしくお願いします」

久保見はこの前と変わることなく、誠実な態度だった。

小寺は体内の熱を包み込むように、柔和な笑みを作った。

「まだ聞いていないことがありましてね。さっそくですが聞かせてもらえますか」

「はい」

「あなたはまだ犯行動機について語っていませんよね？　久保見さん、どうして木

「田苑子さんを殺したんですか」

その質問に久保見はさすがに面食らった顔を見せた。

別れ話で揉めたからだと語ったではないか。顔にそう書いてある。

「これが何かわかりますか」

小寺がとり出したのは、田口から受け取ったベビーカメラとモニターだった。もうこの切り札を使うのか。確かにこれを見せたら、言い逃れなどできるはずもない。

「カメラ、でしょうか」

動揺も見せずに久保見は返した。だが予想通りの反応だ。

小寺は早速動画を再生した。

「木田さんは殺される直前、このカメラを同僚のもとへと避難させていました。久保見さん、私が言いたいことはわかりますよね」

映像を突きつけられた久保見は、口を閉ざした。

「いくらあなたが否定しようが、四年前の入江陸斗ちゃんの死は虐待ではなく事故で起こったものです。あなたは法廷で虐待に間違いないと証言した。だがそれは誤りだった。そしてその結果、入江遥はやってもいない罪に問われ、自殺した」

小寺はしっかりと久保見を見すえた。

「話してください。あなたが木田さんを殺した本当の理由は、このカメラに収められた真実を隠すためだったんでしょう？　違いますか」

その瞬間、久保見は笑みを浮かべた。

「小寺さん、自分のことを棚にあげて、よく言えますね」

「はあ？」

「あなたも同罪だ。無実の彼女を死に追いやったんです」

小寺は苦しげに歪めた顔を、久保見に近づけた。

「そうですよ、わかっています。私もすべてあんたのせいにするつもりなんてない。疑いもせずに信じたのは私だ。でも私はね、あんたとは違う。自分の間違いを認める勇気はもっている。あんたを刑務所にぶち込んだら警察を辞めるつもりだ」

聞いていない告白だった。祐介は記録の手を止める。小寺はそこまでの覚悟で……。だがその覚悟を久保見は鼻で笑った。

「警察を辞める？　それがどうだって言うんですか」

いつの間にか、久保見の目はすわっていた。

「辞めて責任をとれるなんてうらやましい」

それは初めて見せる凶悪な顔だった。いや、凶悪というものではないのかもしれない。絶対に譲れないものがある人間が、全てを引き換えにしてもいいと不退転の覚悟を決めた時のような顔にも思える。

久保見は気持ちを抑えるように、そっと胸に手を当てた。

「少しだけ、過去の話をさせてください」

「ええ、どうぞ」

「まだ研修医だったころのことです。一人の赤ちゃんが、救急で病院に運ばれてきたんです」

久保見の言葉には次第に熱がこもりはじめた。小寺は机に置いた手を組みながら、その話をじっと聞いていた。

「幸い命に別状はありませんでした。ですが明らかに虐待の疑いがあった。僕は親に返すべきでないと主張しました。でも結局、様子を見ることになった。下手に虐待だと騒いで間違いだったら責められる。結局、家庭のことに他人は入らずという事なかれ主義で、見て見ぬふりをしたんです。その後、その子は返された家でさらに虐待にあって死にました」

久保見は言葉を切ると、深い息を吐いた。

「今でもあの子の顔が忘れられない。あの子は傷つきながらも病院のベッドですやすやと眠っていました。それから起こる悲劇なんて知りもしないで。僕がもっと強く言えばよかったのかもしれません。その後悔でどれだけ苦しんできたか。どうやってもあの子の命は戻らない。だけどせめてもう絶対にあの子のような悲劇はくり返すまいと誓ったんです」

悲痛な訴えだった。この思いに嘘はないのだろう。だからこそ彼は殺人を犯してここにいる。そう思うと皮肉なことだ。

「刑事さん、こんなことを認めていいんですか」

久保見の目には深い怒りが灯っていた。

「あの子は何のために生まれてきたんですか」

「だからといって虐待していない親から子どもを奪って、犯罪者のレッテルを貼りつけることも許されることじゃない」

「わかっていますよ」

久保見は振り払うように言った。

「でも虐待で疑われても親は死ぬわけじゃない。……ああ、入江遥さんは気の毒だったかもしれないが、そんなのはまれなケースです」

「久保見さん、あんた……」

遮るように、久保見は言葉を続けた。

「一方、虐待で亡くなる子どもは後を絶たない。死なせてしまってからでは取り返しがつかないんです。親は虐待していないかもしれない。もし子どもを保護したあと親が虐待していなかったとわかったら責任をとれるのか——。そんな後ろ向きな思いでは弱い小さい命は救えない。少しでも怪しいと思ったら保護しなければいけないんです」

その言葉は真剣そのものだった。小寺はゆっくりとうなずく。

「他の虐待事件については今、議論すべきじゃない。私が聞きたいのは四年前、入江陸斗ちゃんが亡くなった事件です。あなたが虐待死であると証言したのは間違いだった。それを隠すために木田さんを殺したのではありませんか」

奥歯をきつく噛みしめると、小寺は久保見を睨みつけた。どちらもひるむことはない。二人の視線が重なって、静かに、それでいて激しく火花が散っていた。

「いいえ、僕は恋愛関係のもつれで木田さんを殺しました」

久保見は開き直ったような笑みを浮かべた。

「いい加減にしろ、久保見！」

小寺は大声を上げた。だがそれはまるで闘犬がギブアップしたような印象を受けた。これでは無理だ。久保見は決して認めることはないだろう。

それから久保見は貝になった。黙秘に転じ、全くしゃべらなくなった。

時間だけが流れていく。

取り調べは終わり、留置場に連れられて行く久保見の背中を、祐介はじっと見送った。

あのベビーカメラの映像がある限り、入江遥が無実であることは明らかだろう。だがその件と木田苑子の殺人事件の関連を示す決定的な証拠はない。久保見が恋愛関係のもつれで殺したというなら、そう処理されてしまうだろう。おそらく久保見は自らの信じた正義を一生つらぬいていくつもりだ。

「テラさん」

小寺は肩を落としながら廊下を刑事部屋と逆方向に歩いていく。久保見がこれまで見せていた顔が仮面であることを見破り、それを剝ぐことには成功した。だがそこまでだ。小寺による刑事生命をかけた取り調べは失敗に終わった。

「責任は取らないとな」

「テラさん、辞めるなんて言わないでください」

祐介は訴えた。

「辞めたところで入江さん夫婦が救われるわけじゃない。それよりも新たな冤罪被害者を生まないように、これからも刑事として必死にやっていくべきじゃないんですか」

小寺は小さく首を横に振った。

「大八木宏邦《おおやぎひろくに》って刑事を知っているか」

突然出た父の名前に、祐介は思わず目を見開いた。

「俺は駆け出しの頃、その人にいろいろ教わった。自分なりに成長したつもりでいるが、いまだに越えられないと思っている」

じんわりと熱いものが胸に広がったが、祐介は気持ちを抑えた。

父は京都ではそれなりに名の知られた刑事だった。慕ってくれていた者も多い。だがある日、父が逮捕し、服役していた西島茂《にしじましげる》という男が、やり直し裁判の末、無罪になった。ねつ造された証拠と刑事の脅迫《きょうはく》によってこんな目にあったと西島は訴えた。マスコミは騒ぎ、世間の目は父に厳しかった。父はその後、辞職。ほどなくして亡くなった。

母は早くに亡くなっていたため、残された幼い兄弟は離れ離れに暮らすことになった。祐介は母方の祖父母のもとへ、真佐人は父と親しかった検事に引き取られていった。二人が大八木の息子であって兄弟であることを知る者はごく限られている。

「捜査方法だけでなく、責任の取り方も教わった」

「その人は無実の人間を逮捕したら辞めるべき、と言っていたんですか」

「いや、大八木さんが言ってたのはそんなことじゃない」

　小寺は間をあけた。祐介は唾を一つ、飲みこむ。

「間違いはあってはならない。だが万が一間違えたなら傷つけた人に対し、どんなことをしても償わないといけないってな」

　初めて聞く父の言葉に、息がつまるような思いがした。

「俺はいまだにあの人が脅迫して自白をとったり、証拠をねつ造したりしたなんて信じられない。西島は犯人だったたって思っている。本当に西島が無実だと思うなら、警察を辞めて終わりにするはずがない。あの人ならきっと必死に真犯人を捜しただろう。そう思うからだ」

　表情を取り繕うのも忘れて呆然と立ち尽くしていると、小寺は口元を少しだけ緩めた。

「何で思い出したんだろうな」

　肩をぽんと叩かれた。

　小寺は微笑むと、じゃあなと言い残して背を向けた。

　ようやく長い一日が終わった。

　祐介は自販機で缶コーヒーを買って、公園のベンチに腰をかける。夜なのに蝉が鳴いている。

あの後いてもたってもいられず、すぐに電話をかけた。こちらからあいつを呼びつけたのは初めてだ。仕事があるとか何とかほざいていたが、とにかく来い、と強引に約束を取りつけた。

「お手上げって顔だな」

顔を上げると、外灯に照らされて真佐人が立っていた。

「珍しいな。アニキの方から呼びつけるなんて」

真佐人はベンチの端に腰かけた。

「まあいい、こっちも話があったし」

「児相職員の事件のことか」

「そうだ」

うなずいてから真佐人は口をとざした。ギイギイと錆びた音が耳に響く。振り返るとブランコが風に少し揺れている。真佐人もそちらを見つめていた。

ふと記憶がよみがえる。そういえば小さいとき、こいつと二人、馬鹿な遊びをした。ブランコをこいだ状態からそのままジャンプ。どこまで遠くへ飛べるかを競ったのだ。今のご時世なら危険だとすぐにやめさせられるだろう。

「ブランコでよく遊んだな」

真佐人も同じことを思い出していたようだ。

「覚えてるか。アニキが勝ったぞと叫んだ瞬間、戻ってきたブランコの板が頭を直撃したんだ。あれは驚いた」

そういえばそんなこともあった。

「けどそれ以上に驚いたのは、ブランコの板がぶっ壊れたことだ。石頭にもほどがある」

「あれは元々壊れかけていた」

「アニキが狙ってやったとしか思えない」

思い出してつぼにはまったのか、真佐人は肩を震わせ、笑いをこらえているようだ。つられてつい噴き出す。

「お前な、笑いすぎだぞ」

「アニキだって笑っている」

時が戻ったようだった。なんだ。こうやって昔みたいに話すことだってできるじゃないか。

ひとしきり笑うと、眼鏡を直してすました真佐人の横顔をそっと見た。真佐人は、うなだれたように下を向く。口は開いていたが、言葉は遅れて出た。

「俺は間違っていたかもしれん」

「なに？」

「久保見が犯行動機を隠すのは、あいつの中にある正義を守るためだと思っていた。四年前の事件が無実だとくつがえれば、久保見が証言した他の虐待事件もくつがえるかもしれない。そうなれば子どもを虐待から守れなくなる。だから自分が殺人を犯そうとも、虐待する親を追及する手をゆるめるわけにはいかないと」

祐介は黙ってうなずく。

「だがベビーカメラの映像が出てきた今、誰もあれは事故だと疑わない。だったら久保見は本当の動機を話すと思った。だがあいつはかたくなに認めない。この状況はどう考えてもおかしい」

確かにそうだ。どう抗っても入江陸斗の死は虐待ではなく事故だ。それなのにいまだに本当の動機を認めないのは奇異に映る。

「俺には今、久保見の心が見えない」

自信だけでできていると思っていたが、こいつもこうなることがあるのか。

「だが真佐人、久保見はもう、自分が間違っていると思っても突き進むしかなくなったんだ。自分の歪んだ正義を、子どものためだと肯定している」

「……そうかもしれん」

犯行動機を偽っていても、殺人罪で有罪になるのは変わらない。もちろん全て明らかにできればベストだが、殺人を犯したことは認めているのだからこれでよしとするしかないのかもしれない。

それから祐介は、今日の取り調べの様子を語っていく。小寺のことについても話した。

「テラさんは親父のことについても話してくれた。お前は聞きたくないかもしれんが、親父はこう言っていたそうだ。間違いはあってはならない。だが万が一間違えたなら傷つけた人に対し、どんなことをしても償わないといけないって」

「………」

「テラさんはこうも言ってたよ。親父が証拠をねつ造したり、被疑者を脅迫して自白させたりするなんてありえないって」

さっきまでよくしゃべっていたのに、父の話題になると、真佐人は急に寡黙になった。こいつは父のことをどう思っているのだろう。

いつの間にか、蟬の声がやんでいる。静かな公園の中、ブランコの音だけが聞こえている。

「おい、聞いてるか」

真佐人はどこか遠くを見たまま、固まっていた。どうしたんだと声をかけるが返事はない。もう一度、問いかけようとすると、真佐人は立ち上がった。

「やっとわかった」

その眼は大きく開かれていた。だがやがていつもの涼やかな目元に戻っていく。

「わかった？　何がだ」

真佐人の頭の中で、何かが組み上がっていくのがよくわかった。いつも知った口ぶりだったが、こいつが閃く瞬間に初めて立ち会った。

「揺さぶられていたんだ」

真佐人はそう言い残してどこかへ走り去っていった。

今何と言った？　揺さぶられていたと言った気がする。どういう意味だろう。四年前の入江陸斗の死はどう見ても事故だ。入江夫婦は揺さぶっていない。

今、話していたのは久保見の心理だ。久保見の信じていた正義が崩れたのにどうして罪を認めないのかと。その後は父のことも話した。あのやり取りから何がわかる。

――いや、まさか。

脳が揺れるような感覚に襲われた。自分の中で何かがひっくり返った。まさか……だがそうだとすると、この事件はどうなっていく。

ようやく脳内の振動がおさまると、すべてがはっきりと見えてくる。この事件の真相がはっきりと腑に落ちた。真佐人も同じ考えに至ったのだろうか。

問題は証拠だ。

この考えを突きつけるだけでは、久保見はきっとしゃべらない。何かないのか。久保見を追いつめる確たる証拠が……こうしてはいられない。真佐人より先に証拠をつかみ、今度こそ久保見の口を割らせてやる。

8

その日もうだるように暑かった。

勾留期限ぎりぎりの中、祐介は一人、取調室にいた。

被疑者がやって来た。パイプ椅子につながれた久保見は祐介の顔を見るなり、どこか気の抜けた顔をしたように思えた。だがすぐに表情を引き締める。心の内はよくわかる。今さら何もできやしないと思っているのだろう。

「この前は小寺刑事が感情的になってしまい、申しわけありませんでした」

久保見はゆっくり顔を上げた。

「ただどうか、わかってください。我々刑事は悪を逃したくないという一心で動いているだけなんです」

久保見は突然何を言い出すのやらと、とまどったようだが無言でうなずいた。

「そういう意味ではあなたも同じですよね。虐待を見すごすわけにはいかない。絶対に子どもたちを守るという一心で動いている」

祐介は淡々と語り続けた。

「ですが正義をつらぬこうとするあまり、自分たちのやり方が完璧でなければならないと思いこみ、それを脅かすものを排除しようとしてしまう。子どもを守るためという大義名分だけが独り歩きしてしまう」

しゃべり続ける祐介を無視するように、久保見は壁の方を見るともなく見ていた。

「俺も小寺刑事と同じように、あなたが過去の誤診を認めたくなくて殺人を犯したのだと思っていました」

その時、久保見が顔を上げた。

「今は違うと言いたいんですか」

「ええ、そうです」

「どういう意味でしょうかね。僕にはあなたも小寺刑事と同じ種類の人間に見えますよ」

祐介はそうですかと言った後、両手を組んで机の上に置いた。

「久保見さん、この前はあなたの過去を聞かせていただきました。代わりに今回は俺の過去を聞いていただけますか」

上目遣いにこちらを見ていた久保見は、小さくええと言った。

「俺には刑事をしていた親父がいました」

入口は開けておかないといけないという決まりがある。衝立《ついたて》が置いてあるだけで防音の効いていない部屋だ。辺りに漏れないよう声をひそめて話していく。

「父はある男が犯人だと信じて逮捕して自白をとったんです。その男は殺人罪で投獄されました」

祐介は一呼吸いれた。

「でも後で証拠がねつ造されたものであることがわかり無罪となりました。親父は脅迫して自白をとったとして職を追われたんです。京都の警察では強引な捜査のことを父の名をとって今でも大八木捜査法と揶揄しています」

思わぬ告白に、久保見は口を半分開けた。

「俺は大八木宏邦の息子であることを隠して刑事をやっています。このことを知っている警察関係者はほとんどいません」

「川上さん、どうしてこのことを僕に？」

「どうしてもお聞きしたいことがあったからです。俺のすべてを話さなければ、きっとあなたも話してくれない。そう思ったんです」

久保見は黙ったまま祐介を見つめた。

「では久保見さん、四年前に起きた入江陸斗ちゃんの事件についてお聞きします。この事件の焦点は虐待があったかなかったか……もっと正確に言えば陸斗ちゃんが揺さぶられていたのか、揺さぶられていなかったのかです。久保見さん、あなたはベビーカメラの映像を見てどう思いましたか」

久保見は答えることなく、眉間にしわを寄せた。

「激しく揺さぶられていましたね」

「おかしな皮肉はやめてくれませんか」

久保見は小さく鼻を鳴らした。

「認めますよ。僕は四年前の事件、確かに公判で間違ったことを言いました。あの事件に関しては揺さぶり行為ではなく転倒による事故死だった。ですがこの事件以外の虐待事件は揺さぶり行為によって……」

「そうじゃありません」

祐介はさえぎって、久保見のいぶかしげな顔を見た。

「揺さぶられていたのはあなたの正義です」

「意味がわからない」

「本当にわかりませんか」

ええと厳しいまなざしが返ってきた。

「僕は木田さんをこの手で殺した。彼女と別れ話で揉めたからだ」

「そうですか。でももう、いくらあなたがその主張をしても無駄なんですよ」

どういう意味だとばかりに久保見は顔を上げた。

「唐沢検事があなたを不起訴処分にしました」

「なに！」

久保見は声を上げて立ち上がった。

「不起訴処分は当然です。木田さんの死は自殺だったんですから」

祐介は久保見をじっと見つめる。久保見は口を閉ざしたままだった。

「おそらく木田さんは入江遥が獄中で自殺したことを知った後、自分がベビーカメラを隠し持っていることに耐えられなくなったんです。そしてあなたにベビーカメラを送ったのでしょう。あなたはベビーカメラの真実を見て、木田さんに電話し、彼女のアパートに行った。きっと緊急性があったのでしょう。彼女が自責の念から死にたいとほのめかしていたのかもしれない。だからこそ窓を割って中へ入った。するとそこには首を刺して息絶えている木田さんがいた」

祐介は視線を合わせてさらに続ける。久保見の額にはいつの間にか汗がにじんでいた。

「久保見さん、その後のあなたの行動はすべて、入江遥さんを無実の罪で死に追いやってしまったことの反省から来ているんです。あなたは考えました。入江遥さんの汚名を雪ぐにはどうすればいいか。普通に考えればベビーカメラの映像をそのまま公表すべきでしょう。入江遥さんの再審請求はきっとかなう。でもそれでは不十分だとあなたは思ったんです」

今なら久保見の気持ちが手にとるようにわかる。

祐介は少し間をあけてから続けた。

「ではどうするか。それには自分が殺人を犯した医師として注目を集め、悪人として糾弾されればいい。あなたはそう考えをめぐらせ、木田さんの死因が自殺に見えないよう、傷口を深くえぐったんです。次に自分の指紋の付いたナイフを茂みに捨てました。最初から逮捕される気でいたからです」

夏風邪にかかったように、久保見の汗は止まらなかった。

「そしてすぐにベビーカメラと手紙を田口さんのところに送りました。自分のところに来た手紙を、木田さんが田口さんに送ったように見せかけて。そうすることで真実を明らかにするとともに、自分に不都合な事実を隠蔽するために人を殺した悪人だと思わせるためです」

祐介はさらに続けた。

「ですが宅配員があなたのことを覚えていましたよ。本当は受付時間を過ぎていたが、どうしてもと頼まれたので記憶に残っていたそうです。理由はわかりますよ。すぐに送らないと死人が送ったことになってしまいますからね」

その瞬間、久保見は凍りついた。

何も言わず、目を伏せた。時間が流れる。だがもう十分だ。勝負はあった。久保見は必死に自分の中の何かと格闘しているように映った。

真相にたどり着けたのは、父のおかげだった。

間違いはあってはならない。だが万が一間違えたなら傷つけた人に対し、どんなことをしても償わないといけない……小寺から聞いたその言葉がふっと浮かんだ。ひょっとして久保見も同じ心境だったのではないかと思ったのだ。どうすれば入江夫婦に少しでも償えるのかという思いだけで久保見は動いているのではないかと。

数分後、ようやく久保見の口は開かれた。

「その通りです」

静かにつぶやくと、凍りついたバラが砕けるように、久保見は額から机に崩れた。

真相という意味で初めての自白だった。

久保見は虐待をなくしたい。その一心で行動してきた。虐待の可能性が少しでもあれば、積極的に動くべきだ。たとえ虐待はなく親が罪に問われたとしても執行猶予か数年の服役で済む。子どもの保護をためらって子どもの命が失われるよりはましだ。そんな思いがあったのだという。

そんな中、突然、木田からベビーカメラが送られてきた。久保見は愕然とし、木田に電話して入江遥の自殺を知り、すべてが崩れていくような感覚になったらしい。さらにその電話で、木田が自殺をほのめかしていたので心配になって自宅まで行ったのだという。

「あとは川上さんの言うとおりです」

久保見の正義は揺さぶられ、真逆の方に振れた。第二、第三の悲劇を防ぐべく、このカメラに収められた事例を広く世間に知らせる義務が自分にはある。だが普通に公表しただけではこの事実は、すぐに忘れ去られて行ってしまうかもしれない。だから自分が悪人になろうとした。殺人を犯してまで隠そうとしているものを暴き、懲らしめようとする正義の力を利用すれば広く伝わる。入江夫婦への償いのためなら、自分のことなどどうでもよくなっていたという。

やがて久保見はゆっくり顔を上げた。

「僕は間違っていたんですか」

虐待をなくしたいという久保見の思いは気高い。その後の決断も自己犠牲的で潔いものだったかもしれない。だが……。

「ふざけるな！」

祐介の眼光に、久保見は一瞬、ひるんだ。

「久保見さん、もし入江さん夫婦に償う気があるのなら、逃げずに自分の間違いを認めるべきです。自分の正義に身を任せるんじゃなく、正直に本当のことを告げて戦うべきじゃないんですか。俺はそう思います」

長い沈黙の後、久保見は口を開いた。

「そうかもしれません」

取調室から言葉が消えた。久保見はじっと天井を見上げている。その瞳は不思議と澄んでいて、まるで邪気のない赤ん坊のようだった。

夕焼けが京の町をあかね色に染めていた。

鴨川の近くには犬を連れて歩く人が見える。祐介が橋から見下ろすと、何人かが散歩している。

夕日を浴びながら、鴨川の方を見てゆっくりと老人が歩いて行く。

祐介はその様子をうかがった。この時間ならいるかもしれないと思って来てみたが、本当にいた。規則正しい男だ。立ち止まって川べりにしゃがみ込む。大きなネズミのような生き物が中州のところにいるようで、その生き物を見つめている。

西島茂。かつて久世橋《くぜばし》事件で強盗殺人を犯したと疑われた人物だ。

ジム通いを辞めて、最近は夕方、こうしてよく歩いているようだ。以前はこんなにもっさりした動きではなかった。前に見た時より一気に老け込んだ印象だ。

あれから久保見は釈放された。

死体損壊のことはあったが、それは実刑に問われるべき性質のものではない。自分の過去の判断が誤りだったことを広く伝え、これからは虐待から子どもを救うだけでなく、同時に無実の親が虐待を疑われて苦しむことがないよう、訴えていくという。一方、小寺は辞職を思いとどまった。入江に直接謝罪した際、逃げずに戦えと言われたらしい。

自分は相変わらずこの西島にとらわれている。

父が間違えるはずがない。その思いから二十二年も経ち、再審で無罪判決が出たにもかかわらず彼を疑い続けている。完全にストーカーだ。

あれ……。

しゃがんでいた西島はうずくまるように、地面に倒れ込んだ。そのまま動かない。どうしたのだろう。さっきまで犬を連れた散歩の人がいたが、周りに誰もいない。祐介はためらうことなく、階段を駆け下りた。

「大丈夫ですか」

西島は胸に手を当てながら、苦しげに何か言っていた。聞きとれない。

どうすればいい。動かしていいのか。だが一刻を争うかもしれない。

くそ、考えていられるか。

西島を背負うと、祐介は階段を駆け上った。

なんてことだ。まさかこんなことになるなんて思いもしなかった。幸い、すぐ近くに大きな病院の建物が見える。そこまで運ぼう。

背中の西島は苦しそうだった。祐介は息を切らせながら病院の入り口まで運ぶと、大声を上げた。

「すみません！　急患なんです！」

すぐに若い看護師が駆けつけてくれた。

「どうしました？」

「川の方を通りかかったら、この人が倒れていまして」

「わかりました。ありがとうございます」

すぐに西島はストレッチャーに乗せられて連れていかれた。背負っていた背中が汗でぐっしょり濡れている。

「あなたのお名前は？」

看護師が問いかけてきた。

だがさすがに言えるはずがない。急ぐのですみませんと言って病院を後にする。

何をやっているんだ俺は……。

久保見には逃げるなと偉そうなことを言っておきながら、逃げ続けているではないか。父が間違うはずがないという思い込みにとりつかれて。きっとあいつもそう言うだろう。くそ！　そんな思いを振り払うように首を横に振ると、夕焼けの中をしばらく走り続けた。

第二章　同意なし

1

目覚めると、もう昼過ぎだった。

休日だがこれからどこかへ行くという時間でもなく、やることもない。先日、いい年なんだからと上司に女性を紹介されたが会話が続かず、見事に撃沈《げきちん》した。悔《くや》しい思いの一方でほっとしている自分もいる。今は恋愛なんて面倒くさい。

天気もいいし、久しぶりにバイクの洗車でもしようか。そう思っていると着信があった。表示は「弁護士」となっている。宇都宮実桜からだ。

「はい、もしもし」

「川上さん、今日、休みですか」

いきなりの問いに面くらったが、ああと答える。

「ちょっとお茶しませんか」

断る理由も特に浮かばない。別に構わない、と気のない風を装って応えた。

「よかった。それじゃあ、三時に」

勝手に店を指定して通話は切れた。

やれやれ。何なのだ。老舗の呉服問屋の娘だというが、これまでの行動もどこか浮世離れしている。

まさか俺に気があるのか。いや、そんなはずあるまい。

祐介はバイクに乗ると、指定された岡崎のカフェに向かう。

哲学の道には観光客の姿が多くみられた。京都に住んでいるとはいえ、普段観光地にはめったに寄り付かない。指定されたカフェは町屋を改装した上品な店だった。

約束の時間より早く着いてしまった。店内は女性客しかいないようで入りづらい。実桜はまだのようだし、大喜びで早く来てしまったと思われると癪だ。辺りを散策しつつ、ぎりぎりに入ることにしよう。そう思い、店と反対側に体を向けた。

「川上さん」

わっという感じで後ろから、声をかけられた。

「大きいから、すぐ見つけられてええわ」

実桜は黒いレースの日傘をさしてワンピースを着ている。

「ほら、遠慮せんと入ろ」

そう言って実桜は扉を開けた。笑顔が愛らしく映るが、いつものように人権だなんだと責め立てられないと調子が狂う。

「慌《あわ》てて予約したんやけど、いい席やな」

実桜に続いてテラス席に座った。実桜は一番人気だというケーキセットを注文する。

「川上さんは何にする？」

「じゃあ、このローストビーフ丼で」

指さしながら注文する。ええ！　と実桜は素っ頓狂な声を上げた。

「ティータイムにそう来るとは思わんかったわ」

「いや、まだメシ食ってなかったし」

実桜はぷっと噴き出した。

なんだこれ、まるでデートじゃないか。でも悪くないな。

その後は実桜が飼っている猫のことや、九月になったのにまだ暑いだのとりとめのない話を一方的に聞かされた。適当に相槌を打ちつつ、肉を食べることに集中していると、ふと実桜が紅茶のカップを置いて真面目な顔をした。

「ところでちょっと、聞かして」

「ん？」

「西島さんを病院に運んだの、川上さんやろ」

想像しなかった問いに、思わず固まってしまった。

否定できずにいると、実桜はさらに言葉を続けた。

「やっぱりな。そうやと思ったわ」

ため息さえ出なかった。

「西島さんから聞いたんや。助けてくれた人の特徴を。川上さん、前に西島さんのことウチに聞いてきたやろ。変に気にしとるようやったし、どうも特徴が川上さんに似てる思てかまをかけてみたんやけど、当りやな」

実桜が所属しているのは、西島の再審無罪を勝ちとった左京法律事務所だ。言われてみれば以前、西島のことで彼女に質問したことがあった。実桜は知らないの一点張りだったし、あれから何も言ってこないのですっかり安心していた。

「川上さん、何で西島さんが倒れたとこにおったん？」

たまたまだ。そんな言い訳は通じそうにない。

「西島さんは殺人事件で逮捕されて服役しとったけど、もう無罪になった身や。それやのに今も刑事が後をつけとるってどういうこと」

口を開いたが、言葉が出てこなかった。

「ひょっとして警察は西島さんのことまだ疑っとって、隙《すき》あらばとマークしとるん？　そんなこと赦されへんやろ」

冷たい目で実桜はこちらを見つめている。

そうか、初めから実桜はこれが聞きたかったのだ。自分は何を期待してここまでのこのこやって来たのだろう。

西島の様子をうかがっていたのは個人的なことで、警察とは本当に何も関係ない。だが誤解されても仕方ない状況だ。本当のことを言うしかない。

覚悟を決めた。

実桜は刺すような表情をしていたが、目が合うと弾《はじ》けたように微笑んだ。

「……なんてな」

「え？」

「ありがとう」

ぴょこんと頭を下げた。

「川上さんのおかげで何とか助かったんや。西島さん、直接お礼が言いたいって」

実桜は続けて言った。

「なんか事情があったんやろ？」

「………」

「信じとるよって。川上さんは悪い人やないって」

祐介が言葉を返せないままでいると、実桜は話題を変えて、タピオカがどうとかスイーツのことをしゃべりだした。祐介は話を聞きながら、残っていた丼の中身をたいらげた。

いいやつ、なのかもしれない。

今まで誰にも打ち明けられなかった父親のこと、彼女にならいつか話せるときが来るのではないか。そんな気がしてきた。

「そんじゃあ、またな」

西島の病室を告げると、実桜は去っていった。

担ぎ込まれた西島はしばらく入院するらしい。あの感じではこちらが大八木宏邦の息子だとは気づいていないだろう。見舞いでも持って顔を見に行けばいい。決して不自然なことではないはずだ。

スマホを取り出して、真佐人の番号を表示する。

大八木宏邦――。真佐人は父のことを他人のように呼ぶ。だが本当は父は何も悪くない。心ではそう思っているのではないか。西島のこともどう思っているのだろう。見舞いなら怪しまれずに最大限近くで接触できる。思ってもみないチャンスだ。

真佐人の番号をしばらく見つめていたが、ため息をつくとスマホをしまった。

2

刑事部屋から窓の外を見ながら、捜査報告書を書いていた。

あれから西島には会いに行けていない。迷う暇もないほど、事件は立て続けに起きていた。暴行、傷害、住居侵入……本部事件になるほどの大事件はないが、息つく暇もないほどの忙しさで働かせてくれる。

一階のトイレに寄って部屋に戻ると、有村がやって来た。

「川上、これから被疑者がやってくる」

有村は声のボリュームをぐっと落とした。

「ユミヘンだ」

心の中でその用語をくり返す。旧強姦《ごうかん》罪。平成二十九年に法改正があって今は強制性交等罪というが、「強」という漢字に弓偏がつくことから「ユミヘン」という隠語が使われている。

「詳しいことは被害者の女性から事情を聞いた彼女が話す」

指さされた先には中原葉月の姿があった。

「被害者は牧野小絵《まきのさえ》さんっていう二十五歳の会社勤めの女性。知り合いの男性に無理やり関係をもたされたって訴えているの」

葉月は声のボリュームを下げた。

「知ってる？　山里陽介《やまざとようすけ》って」

「ああ、どっかの大学教授でしたっけ」

「市内にある大学の法学部准教授よ。彼がその加害者」

祐介はえっと驚きの声を漏らした。

「彼と二緒にレストランに行って、そこでお酒を飲んでから記憶がないらしいわ」

最近、関西圏のテレビのニュース番組に出ているコメンテーターだ。忙しくてあまりテレビなど見ない自分が知っているのだからそれなりに有名なのだろう。

「二人はスポーツジムで知り合ったみたい」

「交際していたってことですか」

「そのへん、はっきりしないみたいだけど、牧野さんの方も気があって、何回か一緒に食事していたんだって」

ということは無理やり行為に及んだと言えないのではないか。被害者の女性の言うことがどこまで本当か疑わしい。

そう言いかけたとき、葉月はつぶやいた。

「絶対に赦せない」

声こそ小さかったが、怒りの強さに祐介は一瞬、瞬きを忘れた。

「同意もなく力まかせに関係をもつなんて最低。女性は相手に気があるって言っても、即関係をもちたいってわけでもないのよ。そういうことがわからないなんてほんと男って馬鹿よね。川上くんもそう思わない？」

「ええ、そうですね」

余計なことを言わなくてよかったなと思いつつ、祐介は複雑な思いでうなずいた。

葉月と話を終えて外に出ると、廊下の曲がり際で誰かとぶつかった。一人の男がよろけている。しまった。祐介は慌てて支える。

「すみません、大丈夫ですか」

「ああ、すんませんな。ありがとう」

男は六十過ぎだろう。禿頭で祐介に負けないくらい肩幅がある。顔をほころばせながら何度もぺこぺこと頭を下げていた。

大きな風呂敷包みが落ちていたので拾って手渡す。男はありがとうございますとくり返してから、祐介のつま先から頭のてっぺんまで品定めするように見た。

「いいガタイですな。ひょっとして刑事さんですか」

「ええ、まあ」

そう言う彼も年齢の割に立派な体格だった。

「よろしくお願いします」

手が差し出された。

よろしく？　意味がよくわからないまま、祐介はその手を握る。男は線のような目で祐介を見つめているが、その手にぐっと力がこもった。何だこの握力？　少し面食らったが、男は微笑みながらありがとうと言って去っていった。何だったのだ？　祐介は首をかしげながら、去っていく男のうしろ姿を見送った。

外に出ると、駐車場に黒塗りのベンツが停まった。

ブランドもののスーツに身を固め、髪を後ろになでつけた男が姿を見せた。山里陽介。首にはストールを巻いている。新進気鋭の若手論客だというが、大学の准教授というより俳優のような外見だ。

「山里さんですね、こちらへどうぞ」

祐介が取調室へ案内する。山里はふてくされた顔をしていた。

「汚いところだな」

初めて漏れた言葉がそれだった。

「順調に改修工事は進んでいるんですが、予算が足りないそうで。今年度は屋根の半分までなんです。取調室なんてまだ当分先でしょう」

「半分ってところがいかにもお役所っぽいな」

「先生がテレビで問題点をコメントしてくださると助かるんですが」

祐介が椅子に座るよう促した。

「ふん」

山里はストールを椅子の背にかけると、どさっと座った。

「お忙しい中、来ていただいてありがとうございます」

「任意だし拒否してもよかったんだが、君らは無視していると言いがかりをつけて逮捕しに来るだろ」

事情を聞く前なのに、容疑を否認する気なのがすぐにわかった。

「まったく、この国の人質司法はひどいもんだ。私もメディアでさんざん訴えてきたけど、自分がこんな目にあうとは思わなかった。私もこれが終わったらすぐ、大きな楽器ケースを買いに行くよ」

供述を書き留める準備をしながら、葉月は苦笑いしている。

饒舌だな。だが自分の弁に自信があってよくしゃべる者ほど落としやすい。昔から言われていることだ。

「取り調べに弁護士が同席できないなんて、先進国ではこの国くらいだ」

「山里さん、いいですか」

偉そうな無駄話はもう結構だとばかりに、祐介は切り出した。

「牧野小絵さんから被害届が出ています」

山里は無言でうなずく。

「あなたは二か月前の二十四日、牧野さんを市内高級ホテルのレストランに食事に誘い、ひどく酔わせた後、そのホテルの部屋に連れ込んで強引に関係に及んだ。この事実に間違いはありませんか」

山里は馬鹿にしたようにふっと笑うと、すぐに真剣な目になった。

「私は強姦などしていない」

「山里さん、あなたは法学部の准教授ですよね。強制性交等罪に当たらなくても、相手が抵抗できない状態を利用して性行為に及ぶことは、準強制性交等罪に該当することはよくわかっているはずです。牧野さんと関係に及んだことさえも否定されるんですか」

山里はその質問には首を横に振った。

「そうは言っていない。彼女も合意の上だということだ」

祐介はじっと山里の顔を見つめた。

やはりそう主張してくるか。合意があったかどうかの証拠を挙げることは困難だ。実際、山里の言うように合意の上での行為だったのかもしれない。

「私を侮辱するような取り調べに協力する義務はないし、プライバシーを守るために黙秘してもいいんだ。だがあえてしゃべってやろう。あの日の事実を」

山里は睨みつけるように祐介を見つめ、葉月に視線を移した。

「スポーツジムで知り合ったときから素敵な人だと思っていたのでね。その日はドライブをしたあと、晩に行きつけのレストラン、『ABOVE THE SKY』で食事をしたんだ」

午後八時から十時すぎまで食事とワインを楽しんだという。

「その後、同じホテルにとってあった私の部屋へ誘った」

この供述についてレストランの関係者が覚えていれば確認できるし、ホテルの防犯カメラを調べれば、ある程度わかるだろう。

「私は何度もいいのかと聞いたよ。彼女はもちろんと答えた」

「それは酩酊状態ですか」

「私も彼女も酔ってはいたさ。だがあれで合意がないなんて言われたら、男はみんな強姦犯になってしまう」

山里の主張はわかりやすかった。彼は独身であるし、合意さえあれば女性と性的関係に及ぶことは責められることではない。

「彼女がどういうつもりかは知らない。だが本当に裏切られた気分だよ。私より彼女の身元を洗った方がいいんじゃないか」

つまりは牧野小絵の方が嘘をついて山里を陥れようとしている……そう言いたいのだろう。それから葉月が被害女性の訴えにそって質問を続けていくが、合意の上で関係に及んだという一点張りだった。

「もういいだろう」

容疑を認めないまま、山里は取調室を出ていった。

待合室には大きな風呂敷包みを抱えた初老の男が座っていた。さっき祐介とぶつかった人物だ。そう思っていると男は立ち上がった。山里に近づくと、軽く背中を叩く。

「大河内《おおこうち》先生」

「大丈夫、私に任せておけばいい」

あの山里が頭を下げた。誰なのだこの人物は……大河内先生と呼ばれた男は、山里のベンツの助手席に乗りこむ。呆気に取られているうちに、車はどこかへ走り去っていった。

祐介と葉月は事件のあったホテルに向かった。

事件のあったホテルの部屋は最上階のスイートルームだ。その日についてフロント係に事情を聞くことにした。

「山里様は二か月前の二十四日正午にチェックインし、その際、午後八時にレストランの予約をされています」

「あのカメラの映像、見られますか」

祐介はホテルの正面玄関にある防犯カメラを指さす。

確認させてもらうと、午後八時前に二人が入ってくるところ、翌朝の午前七時過ぎに山里、午前九時前に牧野小絵が出て行くところが映っていた。エレベーターのカメラも確認したが同じ様子だった。レストランや宿泊した部屋の出入り口にはカメラはないのでわからないが、ホテル内への出入りには間違いはなさそうだ。

最上階までエレベーターで上がると、レストラン『ABOVE THE SKY』であごひげの支配人に当時の話を聞いた。

「二か月前ですよね」

お待ちくださいと言って、支配人は店の記録を調べてくれた。確かに二十四日の午後八時に来店していた。

「私の記憶ですが、山里様はその日、女性のお連れ様と来店されていました。きれいな方だったのでよく覚えています」

「山里さんはここによく来られるんですか」

「ええ、月に一回はいらっしゃいますね」

常連客と言っていいようだ。事件の後も他の客と来ていたという。その時の相手はスーツを着た男性だったという。

「お聞きしたいのは、当日の山里さんと女性の様子です。店にいる間や出て行く際、どんな感じだったか覚えていますか」

「うん、どうでしょうか」

葉月の問いに支配人はしばらく考えこんだ。

「険悪な様子だったとか、ひどく酩酊されているとか、お客様に目立った様子があれば私は覚えています。特に覚えていないということは、変わったところがなかったということだと思いますが、ちょっと調べてみます」

有名人だし覚えているかもしれないと思ったが、二か月も経つし、なかなか難しそうだ。

支配人はテーブルを担当したウェイトレスを連れてきて、自分は注文票を探しに奥へ行った。

葉月はウェイトレスに質問する。そばかすの目立つ若い女性だ。

「二人の様子はどうだったか覚えていますか」

あまり期待せずに聞いたが、女性はよく覚えていた。

「仲良く乾杯されていました。女性のお客様にインスタにあげるから写真を撮って欲しいと言われて、私がスマホで撮りました。黒のワンピースを着ておられて、きれいな方でした」

「帰り際、女性はどんな感じでしたか？　ひどく酔っぱらって歩けないくらいだったとか、そんな様子はありましたか」

ウェイトレスは奥の方を横目でちらりと見た。

「酔っておられたんじゃないでしょうか。赤い顔をしていらっしゃいましたから」

「ふらついていたとか、どの程度、酔っていたかまで覚えていますか」

「それは、あの……」

話の途中で、注文票を手に支配人が戻ってきた。ウェイトレスはまだ何か言いたげに思えたが、持ち場に戻っていった。

「お二人が召し上がったのは、コース料理とグラスワインを一杯ずつですね」

「グラスワイン一杯……。それでは泥酔という感じではなかったと」

「私はそう思いますが」

それからホテルの防犯カメラのデータを借りて捜査は終わった。

「ワイン一杯でも弱い人は酔ってしまうけど……記憶を失うほど酔っていた、というのはどうだったのかしら。牧野さんのお酒の強さを聞いて確かめないと」

「ええ、ルームサービスでアルコールを注文したわけでもなさそうですし。ワイン一杯で牧野さんがどうなるかが鍵ですね」

葉月と祐介はホテルを出て太秦署に戻った。


これから、牧野小絵の事情聴取だ。

性犯罪の被害に遭った女性に話を聞く際、基本的に同性である女性警官が担当する。ただ山里が犯行を否認して捜査が難航している状況なので、小絵の同意のもと、祐介も同席することになった。

「牧野さん、こんにちは」

「よろしくお願いします」

小絵はきれいな女性だったが、想像していたのと違って地味な服装でおとなしそうに見える。この人が被害に遭ったのか。

葉月はこれまで山里を取り調べたことと、現場のホテルへも足を運んで調査しているところだと伝えた。

「くり返しになる部分があるかと思いますが、聞かせてください」

小絵はこくりとうなずいた。

「目が覚めたのは何時頃でしたか」

「朝の八時くらいだと思います。私は見覚えのない部屋で横になっていたんです」

つらそうに小絵は口元を歪めた。

「部屋には私だけ。着ているのはホテルのナイトウェアだけ。我に返るとシャワールームに駆け込みました」

山里と一緒に食事をしたこと、ワインを飲んだこと、断片的な記憶がよみがえってきたそうだ。冷静になったのはしばらくしてからだったという。

「あの人は優しかったんです。信じていたのに無理やり部屋に連れていかれて、彼と関係をもたされたのだと……ショックでした」

小絵は顔を抑えた。

「あの人に好意はありました。でもいくら思い返しても私は同意なんてしていなかった！　まさかあんな形で裏切られるなんて。吐き気がするほど気持ち悪くなっていったんです」

生々しい訴えだった。葉月は小絵の手を握りしめ、一緒に瞳を潤ませた。

「よく泣き寝入りしないで、被害届を出されましたね。勇気のいることです」

葉月の思いやる言葉に、小絵は堰《せき》を切ったように泣きはじめた。

「どういうつもりだったの？　とあの人にLINEをしたら、もう君とは会えないって冷たく突き放されて」

それが本当だとしたら、同意のあるなしに関係なくひどい話だ。遊ばれたとしか思えないだろう。

「二か月迷ったんです。あの人は有名人だし、警察に訴えたら周りに知られてしまうんじゃないかって怖くて」

葉月は小さくうなずきながら、その訴えを聞いていた。

「でも左京法律事務所の女性弁護士の方に相談したら、今は警察も十分配慮してくれるから大丈夫、一緒に戦いましょうって励ましてくれて」

その弁護士はもしかして……。祐介は二人に気づかれないよう顔をしかめた。

さらに事情を聞く。小絵はお酒に弱く、グラスワイン一杯だけでもふらふらになるという。

やがてつらい聴取は終わった。

「何か動きがありましたら、ご連絡します」

お願いしますと言い残して、小絵は部屋を出た。

小絵の姿が見えなくなるのを待って、葉月はため息をついた。

「川上くんはどう思う？」

「それは……」

答える前に葉月は口を開いた。

「私は牧野さんの力になりたいと思っているわ」

小絵の言うとおり、同意のない関係だったのかもしれない。とはいえ、それを証明して山里を有罪にするのは簡単なことではない。睡眠薬が検出されたなどはっきりした証拠があればいいが、現状では厳しい。

「山里には自信があるのよ。いくら訴えられたところで絶対に負けないっていう」

「そうかもしれませんね」

「事情聴取の後、外で待っていた人がいたでしょう?」

そういえば気になっていた。大河内とかいうあの男は何者なのだ。

「あの人は大河内義成《よしなり》っていう弁護士よ」

「そうなんですか」

「ああ見えてやり手だわ。元検事で京都地検のトップだったの。若い頃は東京地検特捜部でも有名だったみたい」

そうだったのか。そんな人物を逮捕前の段階で呼べるとは……山里はかなり人脈が広いようだ。何とかしないと、と葉月はつぶやく。

「そうですね」

祐介は小さくうなずいた。

二人は有村のところに向かい、これまでの状況について報告していく。

「引き続き、山里の身辺など捜査を続けて、証拠をつかみたいと思います」

「ああ、頼んだ」

「山里は黒です。係長」

葉月はもう一歩、踏み込んだ。

「被害女性の勇気を振り絞った訴えを無視することはできません。山里の逮捕に踏み切るべきです」

熱意が伝わったのか有村は真剣なまなざしを葉月に向けた。

「中原、俺もお前の言うとおりやと思う。山里はやっとるってな」

葉月の顔が明るくなった。さっきまでは難しいと思っていたが、それを何とかしてみせるのが自分たちの役目なのかもしれない。

祐介は葉月に加勢するように口を開いた。

「逮捕すれば吐くかもしれません。いえ、俺が吐かせます」

祐介が力強く言った直後に、背後から声が聞こえた。

「皆さん、おつかれさまです」

一人の優男が姿を見せた。真佐人……。太秦署に来ていたのか。

「ちょうどいいところに。検事はどう思われますか」

葉月がこの事件について説明した。山里に何とか罪を認めさせたいのだと告げると、真佐人は首を横に振った。

「現状では何とも言えません」

冷水を浴びせるような、つき離した意見が返ってきた。

「とりあえず逮捕しておけば吐くだろう。そういう考えは最悪です」

当てつけのような答えに、祐介は眉をひそめた。

「現状ではあまりにも情報が不足しています。もう少し調べてから考えてみてはどうでしょうか」

そう言い残して、真佐人は去って行った。

有村は腕を組んで下を向いた。葉月はどこかがっかりした顔だ。

「厳しい、ですかね」

確かに証拠はないに等しい。これから探しても、公判維持に必要なだけのものが得られるだろうか。あるのは被害女性の気の毒な訴えだけ。逮捕しても山里が犯行を認めるようには思えない。有能な弁護士が味方にいるようだし、勝ち目は薄いだろう。検事としてはこの状況で起訴するのが難しいことは理解できる。

しばらく沈黙が流れたが、有村がつぶやくように言った。

「いや、それでもかまわん」

祐介は顔を上げた。あいつはいけ好かない。有村はそうつぶやく。真佐人のことかと思ったが、この場合は山里だろう。有村は決意したように葉月と祐介を交互に見つめた。

「強制性交等罪で札《ふだ》をとる。山里を吐かせろ」

有村の言葉に、祐介と葉月はわかりましたと強く返事をした。

3

山里は逮捕された。

テレビでコメンテーターも務める有名人のスキャンダルに、マスコミはいっせいに食いついている。捜査にあたるこちらの方にも想像以上にまとわりつくので困ったものだ。

現状、山里はまだ容疑を認めていない。

逮捕に踏み切ったものの、状況は決してかんばしくはない。証拠はゼロと言っていい。

他の事件で外に出ていたが、太秦署に戻ると女性が近づいてきた。

「先日はどうも」

誰だろう。どこにでもいそうな女性だが、よく見るとそばかすに見覚えがあった。

「須田麻美《すだあさみ》と言います。山里さんの事件の件で」

ようやく思い出す。『ABOVE THE SKY』のウェイトレスだ。わざわざ足を運んでくれるなんて、どうしたのだろう。

「ニュースで見ました。あの時の女性のお客様が山里さんを訴えたって」

須田は上目づかいでこちらを見た。

「ずっと気にしていたんです。実はこの前、言えなかったことがあって……」

そういえばあの時、何か言いかけたが、支配人にさえぎられたようにも見えた。

「こちらへ」

応接室に通し、葉月とともに話を聞くことにした。

「どんな小さなことでもいいんです。気にせず何でもおっしゃってください」

葉月は机に置いた手を組んで、目を輝かせながらうながした。

「私だけが知っていることがあるんです」

須田は真剣な目でこちらを見た。

「帰りがけに女性の方がよろけて足をくじかれたようなんです。高いヒールの靴だったから、けがをしてないか心配で」

祐介と葉月は黙ったまま、須田をじっと見つめた。

「大丈夫ですかって声をかけたんですけど、返事がなくて。今思うとすごく酔っぱらっていて会話もできないくらいだったのかもしれません。山里さんが支えるようにして歩いていかれましたから」

須田は胸のあたりに手を当てた。

「それに食事の途中、女性がお化粧室に席を立たれた際、山里さんが粉薬のようなものをこっそりとり出すのを見たんです」

睡眠薬。その言葉がすっと浮かんだ。

あまりにも重要な証言だ。むしろここまでの流れを変える一撃が入ったといえる。葉月は前のめりになって訊ねた。

「その薬のような物を牧野さんのグラスに入れたりするところを見ましたか」

「いえ、そこまでは」

須田は首を横に振ってから、もう一度口を開く。

「実はあれから、あの女性の方が私のところに来られたんです。写真を撮ってさしあげたからだと思いますが、私のことを覚えてくださっていて。あの時の様子を教えて欲しいって言われたので、私は今お話ししたことを伝えました。彼女は何も言いませんでしたがすごくつらそうで。この間、警察の方が調べにいらしたし、きっと山里さんと何かあったんだと思いました。彼女のために何かできないかとすごく気になってしまって」

そこで、ふう、と須田は息を吐きだした。

「これはあまりいいことではないので気が引けるのですが」

前置きして須田がおずおずととり出したのは、スマートフォンだった。

「これは？」

「山里さんが逮捕される直前、他の方と店に来られたんです。そばを通ったとき強姦っていう言葉が聞こえたものだから、これは何か重大なことを話しているのかもしれない、今しかないって思いました。そして観葉植物の鉢にそっと置いて、会話を録音したんです」

違法な録音か。祐介と葉月は顔を見合わせた。

「食事の相手は初老の男性でした。聞きとれない部分も多いのですが、この部分を聞いてください」

須田が再生ボタンを押した。

クラシック音楽がかすかに流れる中、聞こえてきたのは二人の男性の話し声だった。片方は間違いなく山里だ。もう一人は誰だろう。

――大河内先生、黙っていましたが言えなかったことがあるんです。でもずっと心に引っかかっていて。

大河内……相手はあの弁護士か。

──何だい？

しばらく間があいて、山里の声が聞こえた。

──あの夜のことですよ。

大河内はあの夜とくり返す。山里の声が小さくなった。

──はっきり言います。あれは強姦です。

祐介と葉月はぎょっとして、耳に神経を集中させる。思わぬ山里の告白のあと、しばらく沈黙が続いた。

──山里くん、それは本気で言っているのかい？

──もちろんですよ。完全な強制性交等罪。ワインに睡眠薬を入れて強引に関係に及んだ……。

クラシックが小さく静かに流れる。

──いまさら、困ったね。

大河内の声だ。

──だが山里くん、強姦って言っても証拠はないんじゃないか？　時間が経ちすぎていて尿検査しても検出されない。

——毛髪検査をすればわかるかもしれません。

——いや、無意味だよ。

大河内は断言した。

——睡眠薬の毛髪検査はまだ実用的じゃない。それにもし睡眠薬の成分が出てきたとして、それと強姦事件の関連性まで証明できなければ有罪にはならない。訴えたところで勝率はゼロだ。

大河内は念を押すように言った。

——山里くん、私は検察に長くいた人間だ。京都地検のやり方だってよく心得ている。勝てないのに起訴する検事など一人もいやしない。

大河内の言葉が続く。

——だいたい訴えてどうなる？　いくら強姦されたって訴えても無意味だ。世間から売名行為だと思われて、自分のすべてを失うだけだ。違うかね？

——それは、そう思います。

また沈黙が流れた。

——何も心配いらない。私に任せてすべてを委《ゆだ》ねればいいんだ。

——………。

——さて、飲みなおそうか。

大河内はウェイトレスを呼んでウイスキーを注文する。そこからは、事件とは関係のない法律論の話になっていった。

須田はそこで音声の再生を止めた。

「ほら、間違いなく山里さんはあの女性を強姦していますよ」

葉月はゆっくりとうなずく。

この会話、間違いない。小絵は睡眠薬を飲まされ、強姦されたのだ。

須田は音声データを残し、帰っていった。違法とはいえ正義感の強いウェイトレスのおかげで、山里の罪は確かに存在したのだとわかった。

「この音声は決定的だわ」

葉月は興奮気味だ。

「ですがこれ、盗聴ですよね。公判ではきっと証拠になりませんよ」

「須田さんの証言があればいけるわよ」

そうかもしれない。須田がしっかり証言してくれれば、山里を追いつめていくことは可能だ。

祐介と葉月は山里の取り調べを申し出る。これまではまるで勝算がなかったが、状況は大きく変わったのだ。

やがて山里が取調室に連れられてきた。

これまでと同じように、こちらを小ばかにしたような表情で椅子に腰かける。逮捕されて態度が多少変わるかもと思ったが、甘かった。

「レストランの従業員が食事の後、ふらふらになって出て行く牧野さんを見たと言っています」

しばらくの沈黙があって、山里の口は開かれた。

「何て名前の従業員だ？」

問いに対して、祐介は口を閉ざす。

「ひょっとして、あのそばかすの若い女か」

当たりだ。だが教えてやる必要はない。

「あいつ、くそ！」

「牧野さんは酔っていなかったと言うんですか」

「そうは言っていない。酔っていたさ。ワインを飲んだんだから。だが意識がなくなるほどというわけではない」

山里は薄く笑った。

「君らはわかっていないようだから、少し講義をしてやろう」

そう言うと、山里は説明し始めた。

「平成二十九年に強姦罪の規定は改正された。それまでは被害者が訴えないと加害者を罪に問えなかったんだが、この改正で殺人や強盗のように被害者が訴えなくても加害者を罪に問えるようになった。さらに処罰の範囲が広がった。被害者たちの声が届いたんだ」

「……山里さん」

　制止しようとしたが、山里はかまわずにしゃべり続ける。

「ただまだ生ぬるい。今の法律ははっきり抵抗できない場合にしか罪にならない。だが実際には抵抗できそうに見えて、抵抗できないような状況もある。凍りつき症候群というのを知っているかい？」

　祐介は首を横に振った。

「性被害に遭ったとき、抵抗する被害者なんて一部だ。大部分の被害者は何もできなくなる。本当は同意がなかっただけで処罰すべきなんだ。実際、イギリスやドイツ、スウェーデンといった各国ではそうなってきている」

　さすがに詳しいようだが、よく言うよと呆れてしまった。

「山里さん、同意がなければ、強姦なんですね」

「そうだ」

「じゃあ、あなたも有罪でしょう」

「ここは日本だ。たとえ彼女の同意がなかったとしても私はイノセンスだ」

山里は馬鹿にしたように笑った。

「やっぱり同意がなかったんですか」

祐介が睨みつけると、山里も睨み返してきた。熱くならないよう、葉月が目で制止している。わかっている。祐介は質問を変えた。

「山里さん、あなたは牧野さんのワインに睡眠薬を入れませんでしたか」

祐介の問いに、山里は瞬きを忘れた。

明らかにこれまでとは違う反応だ。山里の手がかすかに震えた。必死に自分の感情と戦っているように見えた。やはりそうなのか。いや、真実に違いない。この耳で大河内との会話を聞いたのだから。

それから山里は貝になった。余裕があるときには饒舌でも、痛いところをつかれると黙秘に転ずる。本当に救いようがない。

「今日はこれで終わりです」

祐介を睨んで山里は去っていく。

これまでの態度からしてあっさり罪を認めるはずもないが、やっているとわかっているのにもどかしい。

取調室から出て、ため息が同時にこぼれた。

「なかなかしぶといわね」

葉月もイラついていた。

真実はわかっているのに、もどかしい。あれから音声データを有村と真佐人に聞かせた。有村は逮捕して正解だったなとほくそ笑んだが、ことは簡単にいきそうにない。

やがて向こうから誰かがやって来た。にこやかな顔。大河内だ。今から山里の接見に臨むようだ。彼らのレストランでの会話の内容がよみがえる。仮にも元検事が正義をどう考えているのだろう。怒りがわいてきた。

「あいつ、よく平然とここへ来られますよね」

「大河内もわかっているのよね。山里が黒だって。むしろあの会話では罪を認めようとする山里を大河内が説き伏せている感じだったし」

あの顔を見ているだけで胸糞が悪くなる。そう思い一度外に出た。

コンビニでパンと唐揚げを買って戻ろうとして、ふとスポーツ紙が目に入った。思わず目を瞬かせる。

――山里准教授を逮捕させた黒幕は誰か？

なんだこれは……。山里は辛口なコメントをすることで知られ、政界にも敵が多かったそうだ。祐介は馬鹿らしいと思いつつも、スポーツ紙を買ってしまった。歩きながらパラパラとめくると気になる記述を見つけ、思わず足を止める。

スポーツ紙を握りしめて、急いで署に戻った。

コンビニのレジ袋を自分の机の上に放ると、有村の前でスポーツ紙を広げて見せた。

小絵の実名こそ伏せられているが、彼女の男関係が詳細に羅列されている。また小絵がレストランで山里と食事をしたときの様子が書かれていた。小絵は胸元が大きく開いたセクシーなドレスだったとある。自分から男を誘っているとしか見えなかった、とも。誰かが情報を漏らしている。

「係長、誰がこんなことを?」

「わからん。けど俺が気になるのはこれや」

有村はパソコンで、山里陽介、ハニートラップと検索した。

そうすると驚くことに、牧野小絵の実名がすっと出てきた。かなり詳しい個人情報が載っている。なんだこれは……どうしてここまでの情報が。

「それだけやない」

有村が表示したのはアダルトビデオの画像だった。こんな時に何なんだ。顔をしかめるが、有村の目は真剣だった。

「よく見てみろ、川上」

言われて目を近づける。思わず声が漏れた。表示されている名前は別人なのに、それはどう見ても小絵だった。個人情報を漏らした奴に腹が立ったが、一方でショックを受けている自分にも気づいた。おとなしそうに思えた彼女にこんな過去があったとは。

「ハニートラップ……完全に彼女の方が悪者だ。山里を陥れたい誰かのさしがねということになっている」

あの音声を聞いてなければ、祐介さえこの陰謀論を信じてしまったかもしれない。

「川上くん、牧野さんが来たわ」

葉月に呼ばれて応接室に向かう。

小絵の姿があった。隣には実桜もいる。小絵の弁護士というのは、やはり彼女だったか。実桜は弁護士として被害者の負担を軽減するため、事情聴取に付き添うという。

「お辛いでしょうが事件のことをお聞かせください」

葉月が優しい声で語りかける。

「はい」

小絵はベージュのワンピースに身を包んでいた。長い髪を下ろした小絵は色が白く、陶器のような肌だった。不思議だった。それまでごく普通の被害者に思えていた彼女がどこか淫猥に見えてくる。何をやっている。こんな偏見をもってはいけないだろう。

「牧野さん、ワインを飲んだ時、どんな感じでしたか？　意識はどこまでありましたか」

小絵は口元に手をあて、しばらく考えこむ。

「ワインを飲んでいた時はまったくおかしいと思いませんでした。あの人が会計をしている姿は覚えています。変だったのは店の外に出てからです。カクンと力が抜けて。その後はまったく覚えていません」

ウェイトレスの須田麻美が言ったとおりだった。

「じつは言いにくいことなんですが」

前置きしてから、葉月はスポーツ紙を見せた。どういうわけか個人情報が漏れていることを告げると、小絵は泣きそうな顔で震え出した。

「なんやこれ」

実桜はスポーツ紙をひったくるようにして奪いとると、凝視する。怒りをにじませた。

「プライバシーの侵害やん」

間をあけて、葉月は口を開いた。

「もし裁判になれば、弁護側はこういう弱みをついてくるかもしれません。聞きにくいことですが、無理のない範囲で教えてくれますか」

葉月はつらそうにアダルトビデオ出演のことについて聞いた。

うつむいたままだったので話すのは難しいと思ったが、小絵は顔を上げた。

「事実です。私は大学生のとき、ビデオに出ました」

その顔はどこか吹っ切れたように見えた。

「私の家には借金がありました。学費も払えなくて、私は当時、風俗店にもいたんです。それから……」

そう言って小絵は一枚の写真をポーチからとり出した。誰だろう。高校生くらいの垢ぬけない少女だった。

「これは私です」

実桜と祐介はえっと声を上げた。今、目の前にいる女性とはまったく別人だ。

「AVに出る時に整形手術を受けたんです」

そうだったのか。それから堰を切ったように、小絵は自分の過去について語っていった。ネットに書かれていることはかなり尾ひれがついているが、半分は事実だった。お金に苦労して育ったため、経済的に安定した男性と結婚するのが夢だったという。山里にも好意をもって近づき、気をひくために胸元の開いたドレスを着て食事に行ったと認めた。

「でもそれ、あかんことなん？」

実桜が横から代弁した。

「短いスカートをはいてたら、痴漢に触られて当たり前って理屈と同じやん。過去のことだって、今回の事件とは何も関係あらへん」

しばらくの沈黙の後、小絵が口を開いた。

「こんな過去があるから悪い女みたいに見られるのかもしれないけど、私は山里さんを罠にはめようだなんて全く思っていません。命をかけたっていいです」

「山里を赦してはいけないわ」

葉月も同意してうなずいた。

「必ず起訴してもらえると信じています」

そう言い残して、小絵は実桜とともに去っていった。

祐介は刑事部屋に戻り、難しい問題だなと改めて思った。小絵に意外な過去があったことは少しショックだった。ただそういう過去があっても、挑発的な格好《かっこう》をしていたとしても、襲われた被害者が悪いということには絶対にならない。

問題は起訴したとしても、勝てるかどうかだ。

須田麻美の証言が頼りだが、小絵に睡眠薬が使われたかどうかはわからない。あくまで推測の話なのだ。きっと大河内はその部分をついてくる。須田の証言は疑わしいと。いや、山里が黒だということははっきりしているのだ。あのテープが証拠として使えるなら話は早いのに。

そう思っていた時、有村が戻ってきた。

刑事たちの視線が集まる。どうしたのだろう。憤懣やるかたないという顔だ。

「係長、どうかされたんですか」

祐介の問いには答えずに、有村は巨体を椅子に沈めた。くそ。そう言った後で勢いよくお茶をすすった。湯のみから少しこぼれたようで袖が濡れたが、全く気に留めない。

「山里は不起訴だ」

「えっ、どうして？」

「知るか！　検事に聞け」

有村は頭を抱えた。葉月も呆気に取られて声が出ない様子だ。

あいつ、いったいどういうつもりだ。

確かに証拠の面では弱い。起訴するには次席検事や検事正の決裁が必要なので、担当検事だけではどうしようもない面もあるだろう。だが山里の犯行は明白だ。真佐人だってあの音声データは聞いている。それなのに……。

祐介は握りしめた拳を壁にぶつけた。

4

山里はそれからほどなく釈放された。

今はテレビ出演を控えているようだが、ツイッターは更新されており、自身の釈明と警察の取り調べに対する批判が書かれている。

祐介は葉月とともに小絵のアパートを訪ねた。

「ああ、川上さん」

玄関に現れたのは小絵ではなく実桜だった。小絵は人と話をすることができない状態らしい。プライバシーをさらされ、悪女のレッテルをはられたあげく、不起訴になったショックは相当なものだろう。

「見損なったわ、唐沢検事」

実桜は口を真一文字に結ぶ。それ以上の言葉はなかった。

祐介は葉月とともに太秦署に戻る。

本当にあいつはどういうつもりなんだ。あの音声データを聞いた上で山里が無実だと思うはずがない。結局、有罪にはできないと踏んで、保身に走ったのか。

「ちょっと聞いてる？　川上くん」

葉月が話しかけていたようだ。

「運転中にぼんやりしないで」

信号で止まると、すみませんと謝った。

「何の話でした？」

「私思うんだけど、唐沢検事は圧力に屈したのかもしれない」

「まさか、そんなことは」

苦笑いしつつ、祐介は助手席を見た。冗談かと思ったが、葉月の目は笑っていない。確かに山里の弁護人、大河内は元京都地検のトップだ。

「確かに鼻もちならない検事ですが、圧力に屈するようなタイプとも思えません」

「信頼しているのね」

「そういうわけじゃありません」

葉月はため息をついた。

「私ね、大河内弁護士のことを調べていたの。あの音声データの会話、今でも思い出すだけで吐き気がするわ」

事件のあったホテルは、大河内も普段からよく利用していることがわかったらしい。

「大河内弁護士が来るかもしれない。そう思ってよく立ち寄るようにしていたら、ホテルのラウンジである人物と会っているのを目撃したの」

「ある人物？　誰ですか」

「唐沢検事だったの。楽しそうに会話していたわ。あの様子だと何度か会っているみたい。調べてみると唐沢検事の父親、唐沢洋太郎《ようたろう》は大河内と最高検で一緒だった。おかしいと思ったけど、こんなことになるなんて」

まさかあいつ、本当に……。

確かに真佐人は以前、言っていた。自分は父を超えたいと。あいつの言う父とは大八木宏邦ではなく、唐沢洋太郎のことだ。それは野心ともとれるような発言だったが、出世欲のようなものとは違うと思っていた。何故ならあいつの心には自分と同じような熱い思いがあると信じていたからだ。だがそれは、そうあって欲しいとこっちが勝手に思いこんでいただけなのか。

ビビーッというクラクションで我に返った。

信号がいつの間にか青に変わっている。しっかりしてよ、という呆れる葉月の視線に慌てて車を発進させる。

時計を見ると、昼休みの時間帯だった。コンビニの駐車場に車を停めた。

「すみません、中原さん、運転代わってくれますか」

「えっ、どういうこと」

「俺、ここで降ります。寄るところがあるので、先に署に戻っててください」

祐介がシートベルトを外すと、葉月は目を瞬かせた。

「ひょっとして川上くん、また京都地検に乗りこむ気じゃ……」

そんなこともあったな。ふっと祐介は口元を緩めた。

「乗りこみはしません。心配しないでください」

「どうかしら」

葉月は心配そうな顔だったが、祐介の意志が変わりそうにないと思ったようで、車を降りた祐介の代わりに運転席に乗りこんだ。

さてと行くか。

こんな中途半端な気持ちを抱えたまま、仕事などできるか。真佐人を問い詰めてやる。そうだ。京都地検に乗りこまなければいいんだろう。

京都地検までタクシーで向かった。

さっきあいつと連絡をとった。真佐人だって不起訴にしたことでこっちの怒りを買っていることくらいわかっているはずだ。不起訴の理由をしっかりと説明してもらいたい。納得出来るまで引き下がるものか。

真佐人の車の前で待っていると、やがて人影がこちらに近づいてきた。

周りに人がいないことを確認してから、真佐人は乗れと言う代わりにキーロックを外した。祐介は助手席に乗りこむ。

「行くところがある。時間の無駄にはつきあえない」

こちらを向くこともなく、真佐人は言った。

「そんなことはわかっている。俺だって忙しい」

「じゃあ何だ」

しらばっくれやがって。時間の無駄はどっちだ。

「山里の不起訴について、ちゃんと説明しろ」

わかったと言って、真佐人はシートベルトを締めた。

「レストランのウェイトレス、須田麻美の証言は疑わしい」

「睡眠薬のことか？　彼女が嘘をついているとでも言いたいのか」

「そういうわけじゃない。須田は実際に山里が薬を入れるところを見たわけじゃない。牧野小絵に感情移入するあまり、勝手に思いこんでいる可能性だってある」

確かに冷静に考えると、それは否定できない。

「結局、客観的な証拠と言えばあの音声データくらいだ。もっともこれは公判で使える代物じゃないがな」

そんなことはわかっている。だが山里はあの中で強姦だと言い切っている。その真実を受けてもなお、不起訴にする理由なんて一体どこにあるんだ。

「真佐人、お前は大河内と二人で会っていたのか」

「よく知ってるな。そうだ」

あっさりと真佐人は認めた。

「大河内に圧力を加えられたのか？　山里を不起訴にしろと。お前は真実を無視して圧力に屈した。違うのか」

真佐人はしばらく沈黙した。否定してくれと思ったが、返事はない。ずっと下を向いていたがやがてゆっくり顔を上げる。

真佐人は今の言葉に怒るでもなく、真剣な顔だった。

「この事件、まだ終わってはいない」

「どういう意味だ？」

「アニキはあの音声データをしっかり聞いたか」

もちろんだ。どう聞いてもあれは大河内と山里が強姦を隠蔽しようと企んでいる会話だった。

「おかしいと思わなかったか」

祐介は一瞬、言い淀んだ。おかしい？　と小さくくり返す。

「あの音声データで山里は睡眠薬を使った強姦だったと言っている。だが強姦されたのが牧野小絵だったとは一度も言っていない」

「なに？」

祐介は口元に手を当てた。音声データの内容を思い出す。

そういえばそうかもしれない。むしろ被害者の名前をわざと口にしなかったようにすら思える。ということは山里が強姦した相手は牧野小絵とは別人なのか。

そうか、だから真佐人は不起訴にした。そして小絵とは別の被害者がいる事件でもう一度、山里を逮捕、起訴することを狙っているのか。誰なのだ被害者は？　さっぱりわからない。だがひょっとしたらその人物に真佐人は気づいているのか。

「確証はない。だからこれから確かめに行く。山里のところに」

「山里のところ？」

「ああ、だからもう説明はいいだろ。時間がない」

真佐人……と言ったきり、祐介はしばらく口を閉ざした。

「俺も一緒に行く、いいな」

真佐人は答える代わりにエンジンをふかした。

若者たちに交じるように大学のキャンパスを歩いた。

ここで山里は法学の講義をしている。釈放後、自由が戻り、すでに職場にも復帰したと聞いた。階段教室をのぞくと多くの学生が詰めかけ、立錐の余地もない状態だった。

スライド式の黒板には大きく、刑法一七七条の条文が書かれている。強制性交等罪、大胆にも自分が逮捕された刑罰の解説をしているようだ。

「さてと、平成二十九年の改正のポイントだが、三つある。わかる人」

女子学生が挙手をした。

「処罰行為の拡張、被害客体の拡張、刑罰の厳罰化です」

「正解。基本的に処罰の対象は広がっている。私の場合は拡大され過ぎて、とんでもない目にあったわけだけがな」

笑いが起こった。あれだけ世間を騒がせたのに、すっかり調子を取り戻している。山里は軽妙な話術で学生たちを引きこんでいった。

チャイムが鳴り、講義は終わった。

余計な質問を避けたいからか、山里は教室からさっさと姿を消した。祐介たちは山里の後をつけ、一人になったのを見計らって真佐人が声をかけた。

「山里さん、よろしいですか」

振り返るなり、山里の顔が歪んだ。

「突然、申し訳ありません。少しだけ確認したいことがありまして」

「唐沢検事、今さらどうしたんです？　不起訴になったというのに」

問いかけておいてから、山里は後ろにいる祐介に気づいた。

「どうしてこいつまで」

山里はこちらを睨んでいる。人目を気にしてか、しぶしぶという様子で、彼の研究室内へと招き入れてくれた。中はあふれるほどの本や書類で雑然としていたが、椅子に腰かける。

真佐人は真剣な目で山里を見つめた。

「まずはこれを聞いて欲しいんです」

真佐人はスマホをとり出した。

「これはある人物が、個人の判断で録音したものです」

「……盗聴か」

「ええ、だから捜査段階では、ないものとして伏せられていました。ですが今は釈放された後ですので。ただ聞いてもらえれば結構です」

真佐人は音声データを再生した。

クラシックがひかえめに流れる中、山里と大河内、二人の会話が聞こえる。

――はっきり言います。あれは強姦です。

――山里くん、それは本気で言っているのかい？

――もちろんですよ。完全な強制性交等罪。ワインに睡眠薬を入れて強引に関係に及んだ……。

さすがにここまではっきりと録音されているとは思わなかったようで、山里は驚いた顔だった。

ひととおり再生し終わると、真佐人は山里を見つめた。

「山里さん、牧野さんに睡眠薬を飲ませ、強姦したんですか」

その質問には答えず、山里は声を荒らげた。

「こんな違法にとられた音声に証拠能力などない」

「ええ、そうです。さっきも言った通りただ聞いてもらっただけです。これでこのデータは消します。私はあなたと話がしたいだけですから」

どうするつもりだ？　祐介は黙って二人のやり取りを見守った。

「私には牧野小絵さんの訴えは真実としか思えませんでした。一方、あなたと大河内さんの会話が虚偽とも思えない」

「何が言いたいんだ？」

山里はいらだちながら、両手を広げた。

「もう一度、お聞きします。牧野さんを強姦しましたか」

今さらのような直球の質問に、山里は呆れかえって苦笑いした。

「していない。睡眠薬ももちろん使っていない。強制性交でも準強制性交でもない。合意の上の行為だったんだ」

「それは違います」

「なに？」

山里は真佐人に顔を近づけた。

「ふざけるのもいいかげんにしろ！」

強い口調で言うと、山里は祐介の方を向いた。

「唐沢検事、あんたはそこのならず者とは違って話のわかる常識人だと思っていた。だが釈放された後、こうして訪ねてくるなんて異常だ。もういい。京都地検に電話をかけて次席検事に抗議してやる」

山里はスマホをとり出した。

「まだ話は途中です」

「泣き言か。馬鹿らしい」

山里はかまわず、スマホを取り出す。真佐人は待ってくださいと言っているが、山里は通話ボタンを押そうとした。

だがその瞬間、祐介が山里の手からスマホを奪った。勝手に通話を切る。

「もう少しくらい、検事の話を聞いたらどうです」

「……貴様」

やってしまったな。祐介は心の中で舌打ちした。上に知られれば、どうなることか。だが真佐人、これでいいよな。ここから山里を追いつめるんだろう？　この憎たらしい傲慢な山里を打ちのめすんだよな。だったら俺はお前を信じて託す。そんな思いで真佐人を見つめた。

真佐人は祐介の思いにこたえるようにうなずくと、もう一度、口を開いた。

「あの音声データには真実だけが記録されていました。山里さん、あなたはあの会話の中で睡眠薬を使った強姦について触れました。しかし強姦されたのが牧野さんだったとは一言も言っていない。強姦されたのは別の人物だったんです」

「誰だと言いたいんだ？」

真佐人は山里をしっかりと見つめた。

「あなたですよ、山里さん」

その瞬間、祐介の目が点になった。

「あなたは睡眠薬を使って強姦されたんです。大河内弁護士に」

思いもしなかった答えに、祐介は言葉を失う。思考をめぐらせようとするが意味がのみこめず、くらくらしてきた。

「山里さん、あなたは大河内弁護士を尊敬していた。一方、大河内弁護士はあなたをもてあそぶことしか頭になかった。だから睡眠薬を使って強姦した」

山里は口を半分開けたまま、凍りついていた。

旧強姦罪では男性に対する強姦は成立しなかった。しかし平成二十九年の法改正で性別の規定は撤廃された。つまり男性が男性に対して行ったケースでも、強制性交等罪として認められるようになったのだ。

「あなたは自分を強姦した大河内弁護士の呪縛から逃れるため、女性を愛そうとしたんです。そして酔いつぶれた牧野さんを自分の部屋に運んで行為に及ぼうとしたが、結局、何もできなかった。これが事件の真相だったんです」

饒舌な山里が言葉をなくしている。

それは完全にイエスという反応だった。

祐介はもう一度、あの会話を思い出す。そうか、あれは山里が小絵を強姦した告白ではなく、山里を強姦した大河内を責める内容だったのだ。

「一方的に別れた後、あなたは二度と彼女とは会わないつもりだった。まさかその後、訴えられるとは思いもしなかったのでしょう。結局、行為自体がなかったのだし。ですがあの状況では、彼女が強姦されたと思いこんでも仕方ありません」

黙りこんだ山里に、真佐人はさらに言葉を浴びせる。

「訴えられた後、潔白を主張するのは容易でした。そもそも関係自体なかったと正直に言えばいい。だがあなたは自分が同性愛者であることを公に知られてしまうのを恐れてできなかった。それで行為に及んだと嘘をつき、合意の上だったということで押しとおした。そしてやむを得ず、あなたの事情をよく知る大河内弁護士に助けを求めたんです」

「証拠はあるのか」

山里はひきつった声で、追いつめられた悪役のように問いかけた。

真佐人はハンカチを取り出した。

「あの後、大河内弁護士が私に接触してきました。あなたを不起訴にするため、私に圧力をかけようとしたんです。ですが何となくそれだけじゃない。そう感じました。席を立って戻った後、コーヒーをこぼしたふりをして紙ナプキンに浸して持ち帰り、科捜研の知り合いに検査してもらったんです」

真佐人は鞄からチャック付きのポリ袋をとり出す。中に入った紙ナプキンには茶色い染みがあった。

「検査の結果、ベンゾジアゼピン系の睡眠薬が検出されました。俗にデートレイプドラッグと呼ばれるものです」

山里の顔は引きつり、もはや何も言葉を発することができないでいた。

「ただ大河内弁護士が入れた瞬間は見ていないので、これで彼を追いつめて行くのは難しいでしょうが」

大河内はまさか真佐人まで……。どれだけ節操のないオヤジだ。他人事のようにそう思ったが、手を握りしめられた時のことを思い出し、震えがきた。

「もうおわかりでしょう、山里さん。私はあなたを責めに来たんじゃない。あなたの尊厳を奪った大河内に罰を与えるために来たんです」

そうか、真佐人が大河内の誘いに乗って会っていたのは真相に近づくためだったのか。何てことだ。それを俺は疑って。今思えばばかばかしい思い過ごしだった。こいつが圧力なんかに屈するはずがない。

「山里さん。同性愛者への偏見がいまだに残る中、訴えるのは容易なことじゃない。でも戦うべきじゃないですか。あなたの尊厳を取り戻すために」

山里は何も答えなかった。

以前、彼を取り調べた際、彼は強制性交等罪の被害者救済について熱く語っていた。そこにあったのは被害に遭った彼自身の切実な思いだったのかもしれない。

「山里さん」

祐介は静かに語りかけた。

「好意を持った人に裏切られる。それはとてもつらいことだったと察します」

その声に山里はようやく顔を上げた。

「ですがそれは牧野さんも同じです。強姦されたというのは彼女の思い込みだった。けれど彼女がショックを受けたのは同意なき行為ではなく、直後にもう会いたくないと言われたからではありませんか」

祐介は山里に必死に語りかける。

「牧野さんはあなた方のいざこざに巻きこまれて傷つけられた被害者です。社会的にも彼女は相当なダメージを受けた。真実を公にすることが、彼女への償いになるんです。好きな人にもてあそばれた悲しみや苦しさは、あなたにならよくわかるはずだ」

祐介の訴えを聞きながら、山里はじっと黙りこんでいた。

だがしばらくして、その場に崩れた。

山里は嗚咽している。

真佐人は何事もなかったように時計を見ると、行くかと言った。

祐介は一度だけ立ち止まって振り返る。ブラインドの隙間から光が差し込んできて、木漏れ日のように山里の顔を明るく染めていた。

5

暑すぎた夏もようやく去り、風が涼しかった。

非番の日、祐介は病院を見上げる。

この真相を知ったら、小絵はどう思うだろう。もともと山里の恋愛対象ではなかったことに余計に落ち込むだろうか。小絵の誤解から始まった訴えとはいえ、彼女の過去が暴かれたり、気の毒な展開になってしまったと、同情してしまう。

病院の近くの花屋で小さな花束を買った。もちろん女性に渡すためではない。見舞いの品といえば、花しか思いつかなかったからだ。

西島茂。久世橋事件で父が逮捕した男だ。実桜から話を聞いて会いに行くと約束しておきながら、延び延びになっていた。

病室の名前を確認すると、ノックして中に入る。

ベッドに横たわる西島は、前よりも痩せたように見えた。祐介は軽く会釈すると、川上ですと名乗った。

「よく来てくれたね。あの時は助けてくださって本当にありがとう」

西島は嬉しそうに体を起こした。

「いえ、当然のことをしただけです」

「おかげさまで命拾いしましたよ」

それからしばらく治療のことや、体の状態について西島の話を聞いた。

「川上さんは立派な体格ですが、何のお仕事をされているんですか」

問われて少し言い淀んだ。

「公務員です」

職業を問われたとき、たいていの刑事はこう答える。

「そうか、でも事務仕事ばかりしているようには見えないな」

深い意味があるのかどうかわからないが、追及は思ったよりも厳しかった。

「長い間、柔道をやっているので」

「そうか、なるほどね」

うまくごまかせたようだ。まあ、嘘はついていない。

話はなごやかに進んだ。これは好機だとふと思った。親しくなれば久世橋事件の真実を聞き出せるかもしれない。彼を罪に問いたいなど思ってはいない。父は悪くなかった。そのことを彼の口から確認できればそれでいいのだ。

「私はあまり友人もいないのでね。できればまた来て欲しい。話を聞いてもらえるだけで元気が出るよ」

「わかりました。またお話、聞かせてください」

病室をあとにする。笑顔で話す西島をだましているようで、どこか後ろめたさが残った。

建物の外へ出てスマホの電源を入れると、着信履歴があった。

真佐人の番号だ。すぐにかけ直す。

「なんだ」

「山里が大河内を告訴することを決めた」

そうか、と祐介は小さく応じる。

「ただ大河内を罪に問うところまで行くのは厳しいだろう」

いくら法律が改正されようとも、強姦を立証するのは簡単なことではない。それでも山里は戦おうとしている。強姦という人の尊厳を踏みにじる犯罪に対して。泣き寝入りせずに声を上げることは社会を変える一歩だ。いずれ小絵に対するバッシングも消えていくことだろう。

「アニキのおかげだ。俺だけならこうはならなかった」

耳を疑った。まさかこいつに感謝されようとは。

いや、もともと俺たちは仲のいい兄弟だった。もっと素直に心を開けばいいんじゃないか。

　真佐人は久世橋事件についてどう思っているのだろう。西島のことについて正面から訊ねて、こいつの意見を聞きたい。

「真佐人、お前は……」

「それとも一つ」

二人の声が重なった。

祐介は先に言うよう真佐人をうながす。

「アニキは言っただろ？　俺が大河内の圧力に負けて不起訴にしたんじゃないかって。そのことだ」

　今となっては杞憂もはなはだしかった。真佐人は自分の身を危険にさらしてまで大河内に立ち向かおうとしていたのだ。疑って悪かった。

　そう謝ろうとすると、馬鹿にしたような声が聞こえた。

「アニキには冗談のセンスがない」

「ああ？」

　なんだそれは。

「……それだけか」

「それだけだ」

くそ、何だこの野郎。恰好つけやがって。

「アニキの方はなんだった」

「もういい」

祐介は通話を切った。舌打ちをしてスマホをしまう。

まあいいさ。俺一人でも久世橋事件の真実にたどり着いてみせる。そう思いながら秋空を見上げる。少し寒い風を感じつつ、ポケットに両手を突っこんだ。

第三章　リミット

1

仏壇に手をあわせると、ちゃぶ台の前に座った。

誰も見ていないテレビには、クイズのバラエティー番組が映っている。祐介は久しぶりに実家のある山科に来ていた。

祖母が湯気の立った大皿を運んできた。

祐介はいただきますと言って料理に箸をつける。地元で有名ないわゆる名残《なごり》の鱧《はも》。祐介の好物だ。今日は母の命日。今年は何とか帰ると言っていたので、つつましやかな暮らしの中、祐介のために奮発して買ってきてくれたのだろう。

「な？　鱧は夏より秋の方が絶対うまいんだよ」

祖父はにこにこしていた。もう十回くらい聞いたよ、と祐介が苦笑いすると、祖母も口元を緩めた。

「年取ると同じことばっか言っちゃうのよ」

祖父母はいつの間にか髪が真っ白くなっている。時の刻みに忠実なようだ。おいと言って祖父がお猪口を差し出した。祐介は首を横に振る。

「やめとくよ、いつ呼び出されるかわからない」

真面目だなと言って、祖父は残念そうに自分のお猪口に酒を注ぐ。

「ところで祐介、真佐人が京都地検に来たって言ってたな」

祐介はご飯を口に放り込みながら、顔を上げる。

「あれから会わないのか。よくわからんが、刑事と検事だとそうでもないのか」

「いや、何度か会ったよ。ただもうなんていうか、他人だ」

「……そうか」

川上家は父が死んだ当時、子ども二人を引き取るだけの経済的余裕がなく、兄弟そろって養護施設に預ける話もあった、だが父の知り合いだった唐沢洋太郎検事の強い要望で、真佐人は彼の養子となった。祐介は母の実家である川上家に引き取られ、高校を卒業するまで過ごした。

「あの子だけ、よその家にやって可哀そうなことをしたと思ってたけど、本当に立派に育ててもらって。唐沢さんにはお礼の言葉もない」

「よかったのよ。これで」

「そうだ。もう昔のことは忘れた方がいい」

祖父は赤ら顔で強く言った。祖母もうなずいている。祐介は心に刺さる小さなとげを感じた。祖父母には育ててもらって感謝している。だがこの家では父の話はタブー。真佐人が今どうしてるかも何となく聞きづらい雰囲気があった。

しかしそうなるのもやむを得ない。父のことで突然マスコミに責め立てられ、周りからも後ろ指をさされることになり、祖父母も大変な思いをしてきた。それなのに高校卒業後の進路を決める時、警察官になりたいと言ったのを反対されなかった。意外だった。本心では祐介が父と同じ道へ進むのは心配だったと思うが、やりたいようにさせてくれた。だが祐介が今も父のことで久世橋事件を探っているとは夢にも思わないだろう。

食事を終えてテレビを見ながらお茶をすすっていると、スマホが鳴った。表示は実桜からだ。仕事かと祖父が聞くので、大丈夫、とおかしな返事をして二階へ上がりながら電話に出た。

「どうかしたか」

「西島さんのこと。会いに行ってくれたんやね」

伝わるのが早いな。西島からもう話がいっているのか。

「おおきに。ありがとう」

「それより西島さん、もう一度、川上さんとどうしても話したいって。忙しいとこ悪いけど近いうち、顔を見に行ってもらえんやろか」

「いや、いいよ」

祐介は困惑した。

また話したいとは言われたが、実桜づてに念を押されるだなんて変な気もした。話したいこと……浮かぶのは当然ながら、久世橋事件のこと。いやそれはこちらが彼に聞きたいと思っていることだ。

「わかった。次の休みにでも行ってみる」

「ありがと。ほなな」

通話を切ったスマホを握りしめながら、西島との会話を思い返してみる。まさか、気づいたのか。俺が大八木宏邦の息子であると。いや、そんなことわかるはずがない。考えすぎだ。

もう一度、ちゃぶ台の前に戻る。

「なんだ、もしかして彼女か」

「違うよ」

「いいじゃないか、お前もいい年なんだし」

弁解するのが面倒になり、風呂に入ると言って立ち上がった。

もう一度スマホが鳴った。にやつく祖父の前で実桜がもう一度かけてきたのかと思ってあせったが、今度こそ太秦署からだった。電話に出ると、どうやら事件のようだ。

「場所は？」

「嵐山《あらしやま》にある万和堂《ばんなどう》書店という本屋に向かってください」

本屋か。意外な場所だな。わかりましたと言って通話を切った。

「ごめん、今から行くよ」

心配そうに見つめる祖父母に声をかけた。

「大変だな、無理すんなよ」

「またゆっくり来てね」

うなずくと、着がえてすぐに現場に向かった。

午後十時すぎ。万和堂書店に着いた。

何台か警察の車が店の前に停まっている。中に入ろうとしたとき、半分降りたシャッターの下から、ガラスに貼られた一枚の紙が目に飛び込んできた。それは黒の太いペンで丁寧に書かれている。

――万引きしたあなたへ。

盗んでいった本を返してください。今月の十一日までに返してくれなければ、あなたの顔写真を公開します。

店長

何だこれは……。

顔写真を公開、の文字にどきりとする。万引き犯への警告文か。十一日といえばちょうど今日の日付だ。何となく気になったが、急いで書店の中へと足を踏み入れる。店の関係者と思われる女性が、青ざめた表情で立っている。

葉月が手袋をはめて倉庫のところにいた。

「ああ、川上くん」

「何があったんですか」

「この本屋さんの店長が意識不明で倒れていて、病院に運ばれたらしいわ。頭には殴られた痕があったんだって」

被害者が倒れていた倉庫へと案内された。

雑然としたうす暗い部屋だ。大量の本が包装された状態で、台車の上に置かれていた。段ボールの箱が積み上げられ、壁には無数の覚え書きが貼られている。事務机の上には本や色紙などが大量に置かれていて、パソコンがつけっぱなしになっていた。

スクリーンセーバーを解除すると店のホームページが映って、本を手にした男性の写真が表示された。彼が事件の被害者である店長のようだ。名前は布川篤紀《ふかわあつのり》、四十一歳。奥目であごひげを生やしている。頭から血を流し、意識がないままうつぶせの状態で見つかったらしい。頭を固い何かで殴られたようだという。

彼が倒れていたという場所には、手提げ金庫が転がっていた。

「わかりやすいわ。これで殴ったようね」

手提げ金庫の角に血がついている。ふたは壊されたようで開いている。中に現金はなく、契約書などの書類が入っているだけだ。強盗殺人の未遂というところか。

しばらくして有村も姿を見せた。

「被害者は意識不明でかなり危ない状況らしいです」

葉月が状況を説明すると、有村は人死には勘弁と小さく言った。祐介は店の方へ戻ると、黒ぶち眼鏡の女性店員に話しかける。

「あなたが通報したんですか」

眼鏡の女性は首を横に振った。

「病院から連絡を受けて来ただけです。店長はご家族がいらっしゃいませんから」

では通報者は誰だろう。救急隊員の話では、ここへ来た時には被害者の他、誰もいなかったという。通報の電話は非通知の番号で、男の声だったそうだ。

相田《あいだ》みのりという書店員はショックを隠しきれない様子で、口元に手を当てていた。

「私は八時の閉店後、掃除をしてからすぐ帰るんですが、店長はいつも遅くまで残って仕事をしているんです。今日もそうでした」

「このお店には防犯カメラはありますか」

「あ、はい。ただ営業時間外はスイッチを切ってしまうので、事件の様子は映っていないと思います」

構いません、と言ってデータを受けとる。不審者が映っているかもしれないので、借りていって画像を分析することにした。

「手提げ金庫に現金はいくらくらい入っていたかわかりますか」

「いえ、あの金庫には現金がもともと入ってないんです。契約書とか領収書が入っていただけで」

相田は奥のロッカーから別の金庫を出してきた。

「ああ、お金は無事です」

金品は何も盗られていないようだ。犯人は現金を盗もうと手提げ金庫を壊したが、何も奪えなかったということか。

祐介はふと店の入り口の方に視線を向ける。

「相田さん、一つ聞きたいのですが」

「はい？」

「店の入り口に貼り紙がありましたよね。万引き犯へ、というような。あれは何ですか」

「ああ、店長が貼ったんですよ。この前、マンガ本を大量にカバンに入れて持ち去ろうとした人がいたんです。店長がすぐに追いかけたんですが、逃げられてしまったそうで」

なるほど。その人物に呼びかけたものなのか。気になるのは返却の期日だ。ちょうど事件のあった今日までになっている。

「防犯カメラには万引き犯の顔がはっきり映っていたそうで、店長がプリントアウトしてました。ただでさえ小さい本屋の経営は厳しいのに、万引きが横行したら大打撃なんです。それが原因でつぶれていく本屋もあるんですよ」

相田は両手を腰に当てた。不満がかなり溜まっているようだ。

「顔写真を公開するだなんてぎょっとしましたけど、店長が怒る気持ちもわかります。万引きするのは自分が読みたいからってだけじゃなく、売ってお金儲けもできるからって理由もあって……本屋は狙われやすいんです」

相田の怒りが止まらなくなりそうだ。祐介はさえぎるように質問した。

「この貼り紙の万引き犯、あなたは見たんですか」

「いえ、見てません。店長はカメラのデータは消してプリントアウトした写真だけ持っているって言ってました……あ」

「どうかしましたか」

「そういえば店長は万引き犯の写真もあの金庫に入れていました」

もう一度、荒らされた方の手提げ金庫の中を確認するが、万引き犯の写真は影も形もなかった。辺りに落ちている様子もない。

「布川店長はこの万引きの件以外に、最近誰かと揉めていたとか変わった様子はありませんでしたか」

祐介の問いに、ううん、と相田は考えこんだ。

「寡黙な人なので。プライベートとかほとんど聞いたことがなかったです」

「この貼り紙から察するに、真面目でちょっと厳しい感じの人ですかね」

「ううん、まあ、それは……」

相田は困った顔をして言葉を濁した。

「でも仕事に関しては本当に真摯な人で、尊敬しているんです。ほら、店のポップも全部、布川店長が書いているんですよ」

店のあちこちにあるポップには、店長の推薦コメントがびっしりと書かれていた。新刊だけでなく、絵本やマイナーな古めの本までもがとりあげられていて、紹介してある本を思わず手にとってみたくなる感じだ。

「必ず元気になって戻って来て欲しいです」

相田の言葉に祐介はうなずいた。

葉月とともにもう一度、現場の倉庫に戻ると、そこにはいつの間に来たのか見覚えのある顔があった。真佐人だ。今来たばかりだということなので、葉月が事件について説明していった。

「被害者の布川さんですが、頭部に打撲痕が二か所あったそうです。右側頭部と後頭部。脳挫傷を起こして、今も意識がないそうです」

真佐人は葉月の言葉に耳を傾けながら、ついたままのパソコン画面を見つめている。

「唐沢検事、ひょっとしてこの事件、入り口の貼り紙にある万引き事件と関係しているんでしょうか」

葉月が問いかけた。彼女も祐介と同じようにあの貼り紙が気になっていたようだ。三人は店の入り口まで行き、貼り紙をじっくりと眺めた。

「確かに気になりますが、現時点では何もわかりませんね」

真佐人は首を横に振った。何か感づいた顔にも見えるが、本心は簡単に言うまい。

「川上さん、どうかしましたか」

こちらの気持ちを読み切ったように、真佐人が問いかけてきた。

「いえ、特に」

「……そうですか」

それ以上、何も言わずに真佐人は帰っていった。葉月は倉庫の方へ戻っていったが、祐介はもう一度、貼り紙に目をやる。もし万引き犯がこれを見たらどんな行動に出るだろう。顔写真を公開すると警告され、無視できるだろうか。期限は今日まで。時を同じくして店長が襲われるだなんて、やはり気になる。

何気なく後ろを振り返ると、書店の向かい側からじっとこちらを見ている人影に気づいた。

野次馬だろうか。まだ若そうだ。少し気になったので、店を出て行くふりをして向かいの道路に回りこみ、背後から近寄った。

「ちょっといいかい」

声をかけると、その人物はびくっとして振りかえった。

まだ高校生くらいだろうか。少年は明るい茶髪で、口元に大きなほくろがある。痩せた体にだぼっとしたパーカーを着ていた。

警察だと言うと、大きく目を開けて金魚のように唇をひくひくさせた。

「少し聞きたいんだけど。どうして店の方を見てたんだ？」

「…………」

反応がない。少し詳しく事情を聞く必要がある。そう思ったとき、声が聞こえた。店の方から葉月が手を振り、祐介を呼んでいる。

一瞬目を離したすきに少年は駆けだした。

しまった……どこへ？

暗闇の中、祐介は辺りを見渡すが完全に見失った。

消えかかった街灯がぼんやりと照らす道には、少年の影さえ見えなかった。

2

布川の意識はまだ戻らなかった。

祐介は夜道で見かけた怪しい少年について報告。犯罪者の心理として犯行現場に戻って来るのはよくあることだと言われている。この少年を含め、容疑者を見つけ出す捜査が始まった。祐介は葉月と組んで、書店近辺の人々に事情を聞くことになった。

　万和堂書店の近くは古い商店街になっている。嵐電の駅があって、レールがアスファルトの道を刻んでいる。少年を見失った付近には、昼間見ると建物と建物の間に人が一人通れるくらいの細い通路があった。そこを抜けた裏手は飲み屋街になっていて、個人商店やドラッグストアなどが並んでいた。

「ううん、よく覚えとらんな」

　銭湯経営の親父は渋い顔をした。その時間はいつもの常連客が数人いただけで、変わったこともなかったらしい。

「それにしても、ああいう貼り紙を出すんはどうやろな。まあ、気持ちはわかるで。万引きはよくない。けどなんか世の中が殺伐としてきたって感じや」

　隣の文具屋やクリーニング屋にも話を聞いていく。

「万和堂書店の店長さん、うちで時々お菓子買ってくれたの」

　布川のことを、和菓子屋の女性が話してくれた。

「ただ心配してたのよ。万引き犯を怒らせて何かされたら怖いじゃない？　物騒な世の中でしょ？　悪いことしてる人がいても、注意したら逆にひどい目にあわされそうで。見て見ぬふりをした方が賢いのかもしれないわね」

和菓子屋の女性は言わんこっちゃない、という感じだった。

「刑事さんも悪い人相手でいつも大変ね。ほい、これ食べてく？」

花型の和菓子が出された。

仕事中なので遠慮しようとしたが、葉月が喜んで手を伸ばしたのでありがたく頂くことにした。

観光名所のすぐ近くならともかく、この辺りはさびれていてシャッター街になりかけている。それでもどこか人の温かみが残っている雰囲気がある。今のところ、これといって犯人の情報は得られない。ただ住民たちも本屋の貼り紙について気にしていた。やはりこの事件の真相は万引き犯の仕返しだろうか。

私刑。

その言葉がリンチを意味すると知ったのは、大人になってからだ。

私人が公権力の力によらず、悪事をはたらいた人間に私的制裁を加えようとすること。布川がしようとしたことはそれにあたるだろう。だがあんな貼り紙をしたところで、万引き犯が素直に本を返しに来るとは思えない。そうなると宣言通り顔写真を公開することになる。万引きをしたとはいえ、さらし者にするのは行き過ぎの気がする。腹を立てた万引き犯に襲撃されたというのは、考えられる話だ。

やはりあの少年は事件に関係しているのではないか。あの場所にいて逃げたということと、姿かたち以外に彼に関する情報が何もないことが悔やまれる。

「川上くん」

葉月は買ってきた缶コーヒーを祐介に手渡しながら、渋い顔をする。

「犯人だけど、本当にただの強盗だと思う？」

葉月が問いかけてきた。

「わかりません。ただやっぱり万引き事件と絡んでいるような気がします」

そうよねと葉月はうなずいた。

「私も偶然とは思えない。写真がなくなっていたでしょ？　それって重大なヒントだと思うの。万引き犯が店にやって来て店長と争いになった。そして店長を殴り、自分の写真を奪って逃げたってとこかしら」

確かに葉月の言うことは筋が通っている。のどを潤しながら話していると、目の前を自転車に乗った制服警官が通りかかった。

「あれ、川上さんじゃないですか」

制帽からは、癖の強い髪がはみ出ていた。

「事件の聞き込みですか。僕も協力させてくださいよ」

平松樹生だった。そういえばこの辺りは平松の勤務する交番に近い。何かいい情報をくれるかもしれない。あまり期待せずに話を聞くことにした。

「店長の布川さんとは少し話したことがあるんですが、本の虫って感じですね。冗談が通じないような、どこかとっつきにくい雰囲気はありました。中学のとき、こんな先生いたなって、その時思ったんですよね」

「あの貼り紙を見る限り、悪いことは赦せないって感じよね」

「何ですか、貼り紙って」

葉月が平松に説明する。

「あとは……」

自分のミスなので言い出しにくかったが、事件の晩、書店の前で見失った少年について聞いてみることにした。たまたまふらっと来た少年が、とっさにあんな細い隙間から逃げられるとは思えない。きっとこの辺りを知り尽くしているのだ。近くに住んでいるのかもしれない。茶髪で痩せ型、口元に大きなほくろ。特徴を話していくと、次第に平松の目の色が変わった。

「そいつですよ、犯人」

「え？」

いきなり犯人だと断定されて、祐介も葉月も呆気にとられた顔だ。

「その少年のこと、知っているのか」

「知ってるも何も、さっき目撃したばかりです」

とにかく一緒に来てくださいと強く言うので、平松が自転車を押しながら走っていく方へ慌ててついて行った。

「あの少年じゃありませんか」

コンビニの少し手前で平松は立ち止まった。平松が指さした先には少年たちがたまっていた。女子高生も一人いる。ヤンキー座りをしている少年の向こうに見覚えのある顔を見つけた。

「ああ、彼だ」

間違いない。あの晩、万和堂書店の前で会った少年だ。見失ってしまったことを後悔していたが、こんな形で見つけられるとは。平松もたまには役に立つものだ。

「確か杉本魁《すぎもとかい》って名前です。学校がある時間なのにさぼっているんでしょうね」

平松はその少年について話し始める。十六歳で地元の高校に通っているらしい。

「二年くらい前のことなんですがね。あいつ、いろは書房っていう本屋で万引きをして、店の人に捕まえられたんですよ。通報を受けて僕が現場に行ったんですが、あいつはやってないってしらばっくれたんです」

いまいましそうに、平松は親指の爪を噛んだ。

「店の人の話では前にも魁が万引きをしたので、警戒して見ていたら案の定、マンガ本を自分の鞄に入れたそうで。店から出て行くところで声をかけて捕まえたそうなんです。でも僕が行った時、魁は盗んだ本を持っていませんでしてね」

「どういうことなんだ」

「どうやら捕まる寸前に死角をついて、仲間に渡していたようで。店にいた他の客が、走っていく別の子を見たって言ってました」

現物があれば言い逃れできないが、手元にないのだから盗っていないと強弁すれば、罪に問うことはできない。杉本魁という少年が主犯格だろうか。懲りずに本屋で万引きをくり返すなんてたちの悪い奴のようだ。

「いろは書房、経営が苦しかったみたいでその後、すぐに店じまいすることになってしまって。ミリタリーの専門書がそろっているいい店でしてね。僕もよく行ってたんで残念です」

平松の口調は熱っぽくなっていった。

「事件のあった夜に店の前にいたってのなら、万和堂の万引き犯も店長を殴ったのも、きっと魁ですよ。どうせあいつは今も悪事をくり返してるんです。こういう奴は自分が痛い目にあわない限り、わからないんですよ」

そうかもしれない。もちろんこれだけでは断定はできないが、話を聞く必要はあるだろう。祐介は少年たちに近づいていく。

「ちょっといいかな」

声をかけられて魁は振り向く。祐介の顔を見た瞬間、顔色を変えた。ただ事でない雰囲気を察したのか、一人だけいた少女が逃げて、つられるように他の少年たちも走り去っていった。

「杉本魁くんだよね」

三人に囲まれた魁は無言のまま、小さくうなずいた。

「あのとき、万和堂書店の前で何してた？」

「………」

「事件のこと、ニュースで見たかな。少しでも情報を得たいと思って、色々な人に聞いているんだ」

「はあ」

あきらめたように魁は口を開いた。

「十一日の夜八時頃、どこにいた？」

自分が疑われていると、さすがにわかったのだろう。露骨な質問に、魁は苦笑いをした。

「覚えてない」

「家にいたか、外にいたかくらい覚えてるだろ」

苦笑いしつつ問うが、魁は沈黙していた。おかしいな。だがこれ以上強く問うこともできない。仕方ないと思って質問を変えた。

「万和堂書店の貼り紙について、知ってるかな」

「…………」

「知ってるよね」

祐介が問いかけると、魁は嚙みつくような表情を見せた。

「知らねえよ」

「布川店長と何かあったのか」

「知らねえって言ってるだろ」

冷たい目。そこにあるのはむき出しの激しい憎悪だった。

「むかつくんだよ、あのおっさん」

魁は吐き捨てた。その言葉は店長と関わりがあることを認めている。しかもその関わりはきっと穏やかなものではない。

「もういいよな」

魁は舌打ちすると、ポケットに両手を突っこんで背を向けた。

去っていく魁の後ろ姿を見ながら、平松は憤然としていた。すでに照準が魁にロックオンされたようだ。

「犯人は絶対にあいつですよ」

「まあ、決めつけすぎはよくないけど」

平松に比べると慎重ではあったが、葉月も似たような印象をもったようだ。祐介も同じような気持ちだ。杉本魁、すぐにまた話を聞きだしてやる。

太秦署に戻ると、すぐに有村のところへ報告に向かった。

二人の姿を見ると、ちょうどよかったとばかりに有村は手招きする。

「係長、何かあったんですか」

「実はな、さっき別の班から報告があってな。宇野秀希《うのひでき》という人物が布川店長から借金していて、最近、もめていたらしい」

「宇野？　どんな人物ですか」

「布川店長の幼なじみだそうだ」

小学校の同級生で、今は滋賀県に住んでいるという。

「さっそく自宅へ電話をかけたら、ちょうど事件のあった日から宇野の行方がわからなくなっていて、妻が捜索願を出そうとしていたらしい」

そうなのか。それは無視できない情報だ。

「すぐにこいつの行方を追って欲しい」

杉本魁という少年が犯人候補として浮上したばかりなのに、腰を折られた格好だ。だが確かに宇野という人物への疑いは濃厚だ。

「係長、実はあの夜取り逃がした万引き犯らしき少年を特定することができました。宇野の行方を捜すのと並行してその少年についても調べを進めたいと思うのですが」

祐介は魁について得られた情報を報告していく。有村があごに手を当てて考えこんでいると、一人の優男が姿を見せた。葉月ははっとしたようにそちらに目を向ける。祐介は思わず顔をしかめた。

「宇野の捜索を最優先にすべきです」

口を挟んだのは真佐人だった。祐介たちの話を聞いていたようだ。

「杉本魁にも、すぐに任意で事情聴取すべきです」

祐介はくらいついたが、真佐人が否定した。

「宇野は最重要人物です。行方がわからない状況ではのんびりなどしていられません。そちらに全力を注ぐべきです」

少し間があって、有村は祐介と葉月の方を見た。

「今は宇野の行方を追ってくれ。その少年については状況を見てまた頼む」

有村の意向を確認すると、真佐人は去っていった。

くそ、何だか真佐人に負けた気分だ。だがこうなったら従うしかない。宇野の自宅住所を聞くと、祐介は葉月とともに車で外に出た。

翌日になっても、宇野の行方はわからなかった。行きそうな場所をあちこち訪ねたが、いずれもはずれだ。

こうしている間に杉本魁はどうしているのか。仲間たちとまた悪さをしているのだろうか。すぐにでも事情聴取したかったのに、奴を自由にしてしまっているのが悔しい。

助手席から視線を感じる。ハンドルを握りながらちらりと横を向くと、葉月が口元を緩めていた。

「前から思ってたけど、川上くんって唐沢検事にはむきになるよね」

全力で否定したかったが余計におもしろがられそうなので、そうですかね、とひかえめに答えた。

「私はいい検事だって尊敬してるけど。捜査一課の小寺さんや有村係長もみんな、一目置いてるわ」

「……何というか、気にくわないんですよ」

「ふうん」

葉月は微笑んでいた。

「でもなんか気持ちはわかるわ。あの人、できすぎてるから」

祐介は言葉を返さずにアクセルを踏んだ。

正午過ぎ。祐介たちが向かったのは宇野の知人宅だった。家自体は大きくなかったが敷地が広く、駐車場に車が三台あった。その内の一台だけに青いビニールシートがかぶせられている。

祐介がチャイムを鳴らすと、四十代くらいの男性が出てきた。

「少しよろしいでしょうか」

「はい？」

祐介が身分証を見せて事情を説明すると、男性は首をかしげた。

「そうなんですか。でもここには来ていませんよ」

わざわざ遠くまで来たので何か情報を得たいところだが、宇野とは長い間、会っていないという。またはずれのようだ。

「ありがとうございました」

礼を言って車に乗りこみ、発車させる。角を曲がったところですぐにスピードを緩めると、車をわきに止めた。

「川上くん、どうかした？」

「いえ、あの青いシート、少し気になりまして」

車は三台あるのに一台だけにかけられていた。まだ雨風にさらされていないのか、妙にきれいで……。

車をUターンさせて、さっきの家が見える場所に停める。ここなら植え込みの陰になっていて、向こうからは見えないだろう。

しばらくすると物置から無精ひげの男がこそこそと出てきた。さっきの男性とは違う人物だ。男は周りを見渡したあと、車にかかった青いシートをめくった。滋賀ナンバーが目に飛び込んでくる。

祐介と葉月は目をあわせてうなずくと、車を降りて男のもとに駆け寄った。

「宇野秀希さんですね」

「ああ、はい」

口ごもって、目線が泳いでいる。

「布川篤紀さんのことでお話を聞かせてくださいますか」

宇野はひきつったような笑みを見せた。

「わかりました。ただ、ちょっと忘れ物を取りに」

そう言って宇野は家の方へ戻ろうとした。だが祐介が待つように言って肩をつかむと、おびえたように手を払いのけ、いきなり拳を向けてきた。

「くそ、こいつ」

かわそうとしてひるんだすきに、宇野はそのまま駆け出した。

「川上くん」

「大丈夫です。すぐに捕まえます」

宇野は垣根を乗り越え、大きな道へ入っていった。

逃しはしない。

宇野は駆けていく。だが次第に祐介との距離は縮まる。歩道橋を上がり、下ろうとしているところで葉月がいつの間にか反対側に回りこんでいた。

宇野は祐介と葉月に挟まれる格好になった。

息を切らせながら、祐介は彼に一歩一歩近づいていく。

宇野は苦しそうに胸をおさえつつ、葉月と祐介を交互に見ている。

「もうあきらめろ」

祐介は宇野から目を離すことなくさらに距離を詰める。

宇野は鬼の形相で祐介を睨みつけた後、声を上げて葉月の方へ向かった。やはり女性の方へ行くか。だがそう思った瞬間、宇野は足を止めて反転、歩道橋の欄干によじ登った。

「くそ、やめろ」

祐介が宇野の腰に飛びついて、強引に引きずりおろす。倒れたまま足をばたつかせるので、体に乗っかるように上から押さえつけた。宇野は離せと叫びながら顔を左右に振った。無精ひげがちくちくと頬を刺したが、離すわけにはいかない。

「離せ！　やめろ」

手首をねじり上げて手錠を打つと、野獣のような声がようやく収まった。

通行人たちがスマホをこちらに向けている。午後一時七分。公務執行妨害罪で逮捕。白昼の捕り物劇はようやく終わった。

3

その逮捕にはどこか苦みがあった。

「おう、川上、やったな」

同僚の刑事が微笑んでいる。

「いえ、たまたまです」

「謙遜すんな」

もしあのブルーシートを気にとめていなければ、宇野はまだ逃亡を続けていただろう。知人の家にかくまわれていることを見破り、ほとんど無傷で捕えたのだから上出来だ。しかし浮ついた気分にはなれない。今回も真佐人の言うことが正しかったので、どこか素直に喜ぶ気持ちになれないのだ。

だが宇野が犯人だと決まったわけではない。悔し紛れなのかもしれないが、あの杉本魁だって怪しいことに間違いないからだ。

これから宇野の取り調べだ。

無精ひげを生やしたまま、宇野は口を半開きにして入ってきた。祐介は黙秘権について告知してから、事情を聞いていく。

「布川さんに暴行を加えたのは、あなたですか」

祐介の問いかけに、虚ろな目で宇野はうなずいた。

「死んだのか？　布川」

「いえ、病院で治療中です」

命をとりとめたものの、意識はいまだに戻っていないことを伝えた。

「そうか」

「あなたは布川さんに借金があったそうですね」

「……ああ」

うつむいたまま、宇野はしゃべり出した。

「俺は少し前に親から会社を受け継いだんだが、経営の才能がなくてな。幼なじみだったあいつに借金の肩代わりをしてもらっていた。悪いなとは思ってたんだ。だから投資で金を増やして早くあいつに返そうとして。そしたらますます借金が増えてしまったんだ」

逃げるのに疲れ果てたのか、逮捕した時とうって変わって、宇野の態度は素直だった。

「だからあの夜も布川に会いに行ったんだ。もう一度だけ金を貸して欲しい。そう言ってあいつの前で土下座して頼んだ」

布川はすげなく断ったらしい。

「お前に貸す金はもう一円もないってな。だがその時、後ろにちらりと見えたんだ。開いてるロッカーの中に手提げ金庫が。ここにあるじゃないかって俺は手をのばした」

いきなり祐介に拳を向けてきた時のことを思い出す。この宇野はどうやら、追いつめられると見境がなくなる性質《たち》のようだ。

「あいつがやめろって取り返そうとしたから、俺は思わず金庫であいつを殴った。その時は焦っていて、あいつの冷たい言葉に腹が立ってしまったんだ。ここにあるんだから少しくらいいいだろってな」

宇野は金庫を破壊し、中から現金を取り出そうとした。だが中に入っていたのは、書類だけだったという。

「そこで我に返ると、あいつは床に倒れていて動かなかった。俺は怖くなって救急車を呼ぶと、そのまま逃げたんだ」

どこまでもあきれる話だが、救急車を呼んだことだけはせめてもの救いだろう。

「あいつには悪いことをしたと思っている」

宇野は頭を抱えた。祐介はうなずくと、事実確認を続けていく。おそらくこの宇野の言うことに嘘はない。ただ気になることが二つあった。

「宇野さん、聞かせてください。その金庫に入っていたのは、本当に書類だけでしたか」

「ああ？」

気になることの一つ目は、万引き犯の写真の行方だ。相田の話では壊された方の金庫に入っていたということだったが、事件後それが金庫の中からなくなっているのだ。

「顔の写った写真は入っていませんでしたか」

宇野は写真？　と言ったきり、首をひねった。

「そんなこと、覚えてない。興味があるのは現金だけだった」

「ではあなたは何も持ち去ってはいないんですね？」

「そうだ。何も盗みはしていない。慌てて逃げただけだ」

妙だな。万引き犯の写真はどうしてなくなったのだろう。続いて祐介は例の貼り紙についても訊ねたが、宇野は貼り紙の存在自体に気づいていなかったようだ。

気になることはもう一つあった。

「宇野さん、布川さんを金庫で殴ってしまったということですよね」

「ああ、そうだ」

「殴ったのは何回ですか」

「一回だけだ」

即答だった。祐介は言葉につまった。布川の打撲痕は右側頭部と後頭部の二か所だ。もう一度、同じ問いを発したが、宇野は一回だけだとくり返す。

「最初は二人で金庫をつかんでひっぱり合いになったんだ。そして俺が振り切って金庫を手にした。布川が返せって向かってくるもんで、俺は来るなって払いのけるつもりで金庫をぶん回した。殴るつもりはなかったんだ」

「頭のどこに当たりましたか」

「わからん。気づいたら倒れていた。金庫の角が当たった感触はあったが……」

宇野は弁明するように必死になって、その時の様子を再現して見せた。この供述が正しいなら、殴ったのは一回だけだと断言しても矛盾はない。

「今さらだが本当に酷いことをした。布川が死んでなくてよかったよ」

連れていかれる前、宇野は最後に涙を流していた。冷静になれば、ちゃんと反省する心を持ち合わせている男のようだ。宇野が語ったことに嘘があるようには思えない。

刑事部屋に戻り、祐介はコーヒーを飲んだ。

消えた写真と二か所の打撲痕。取り調べを終えても、気になっていた二つの疑問はどちらも解消されなかった。いったいどうなっているのだろう。

事務仕事に追われているうちに、いつの間にか日が暮れている。

二つの謎が頭から離れない。ためらいつつも、兄のプライドなんて気にしている場合ではないと自分に言い聞かせて、電話をかけてみた。

「アニキか。どうした？」

祐介は宇野を取り調べたときの様子を話した。

「被害者の頭部には打撲痕が二か所あった。だが宇野は殴ったのは一回だけだと言っている。これについてどう思う？」

「殴られて倒れる時に、机の角かなんかで打ったんだろう」

真佐人はあっさりと答えた。

「後頭部の方の打撲痕は、出血がなく腫れ上がっているだけだったと聞いた。それに宇野はかっとなっていて、無意識に二回殴っていたのかもしれない」

「だが万引き犯の写真が金庫からなくなったことについては、どう説明するんだ？　気にならないか。写真はどこへ消えたか」

問いかけるが、真佐人の反応は期待したものと違っていた。

「宇野は犯行を認めているんだろ？　だったらそれでいい」

珍しいな。いつもはもっとどうでもいいことまで気にするのに。

「気になるなら徹底的に調べればいいが、俺は暇じゃない」

真佐人は通話を切った。

くそ。反応が薄すぎて馬鹿にされているような気になった。

コーヒーを飲みほすと、口を袖口でぬぐった。

俺は意地になっているだけなのだろうか。いや、やはり気になる。誰も気づかない事実が隠れているかもしれないと思うと、じっとしてはいられなかった。

祐介は裏付け捜査のため、万和堂書店へと向かった。

事件の後、ずっと臨時休業になっているが、再開に向けて動き出したところのようだ。半分降りたシャッターの前でかがむと、すみません、と声をかける。すぐに黒ぶち眼鏡の女性店員が顔を見せた。

「相田さんでしたね。お忙しいところ申し訳ありませんが、捜査にご協力お願いします。今よろしいですか」

「ああ、はい。どうぞ」

祐介は店の中へと入った。

「もう一度だけ確認したいんです。万引き犯の写真はあれから出てきませんか」

「ええ、なくなったままです」

「確かに金庫の中に入っていたんですよね」

「はい。あの日も店長が貼り紙を見ながら、写真を見ていたのを覚えています。その後、金庫にしまうのも見ました」

布川は残業中に襲われている。彼がどこかへ持って行ったという可能性はない。どうしてなくなったのか。いまだにわからない。

「もう一度、現場を見せていただけますか」

「ええ、どうぞ……」

祐介は倉庫に向かった。相変わらずうす暗いが、前に来た時より片づいている。店長不在でも頑張ろうという相田たちの気持ちがうかがえた。壁には布川店長や書店員たちへの激励の手紙が貼り付けられていた。

あの晩、ここで何があったのだろう。

なぜ布川の頭部には二か所も殴られた痕があったのか。真佐人は布川が殴られて倒れた時に、どこかで頭をぶつけたのだろうと言っていた。事務机の角が目に入る。倒れていた場所との位置関係からすると、確かにぶつけてもおかしくはない。

だが、宇野が一一九番通報をしてから救急車が来るまでには十分近くある。宇野が逃げていった後に別の誰かが侵入し、倒れている布川にさらに暴行を加えることは可能だ。

こうは考えられないか。万引き犯がやってきたところ、血相を変えて宇野が出てきた。中に入ると布川が倒れていて、万引き犯は事情を察した。金庫がぶちまけられていて、写真が落ちていた。これ幸いとそれを回収。しかも今なら腹いせに殴っても宇野のせいにできる。そう思って二撃目を加えた。これなら謎が二つとも解ける。そうなると、万引き犯が布川を二度目に殴った犯人だ。

杉本魁。

宇野が容疑を認めたことですっかり消えていたが、やはりあいつもこの事件に関係しているのではないのか。

「あれ……」

事務机の上に載っている一冊の本がふと目に入った。

色あせたブックカバーがかけられているが、よく見ると「いろは書房」と小さく印刷されている。最近どこかで聞いた書店名だ。

「すみません。この本は？」

訊ねると、相田は首をかしげた。

「ああ、それですか。たぶん、店長の私物だと思います。古いものですよね」

布川が昔、いろは書房で買った本だろうか。ひょっとして消えた万引き犯の写真がはさんであったりしないか。気になって手にとってみる。『鐘の丘の魔女』というタイトルのマンガで、祐介が小さい頃から続いている有名な作品だ。ペラペラめくるが、古い本の臭いがするだけで、何も入ってはいなかった。ずっと手元に置いてあるなんて、思い入れのある本なのだろうか。

「布川さんはどうして書店員になろうと思ったんでしょうね」

相田は目をぱちくりさせた。

「あ、いえ。なんとなく思っただけなんで、どうでもいいんですが」

相田は祐介の手にある本に目をやり、パイプ椅子に腰かけた。

「店長は子どもの頃から本が大好きで、本屋さんによく通っていたそうです。書店員はたいていそうですけどね。このブックカバーのいろは書房っていう本屋さんなんですけど、そこのお店の人とは特に親しかったようですよ。だからでしょうかね。店長があんな貼り紙をしたのは、いろは書房がつぶれたことも大きかったと思います。あそこも経営が苦しい上に、万引きにも悩まされていましたから」

そうか、やっと思い出した。いろは書房は杉本魁が万引きをしたという本屋だ。

「ありがとうございました」

お礼を言って、万和堂を出た。

魁が万引きをして捕まった時のことを、もっと詳しく教えて欲しい。行ってみるかとつぶやき、祐介はいろは書房に向かった。万和堂にあったいろは書房の本と、いろは書房で万引きをしたとされる杉本魁。たまたま重なって目の前に現れているだけかもしれない。それでも不思議なつながりを感じずにはいられなかった。

ブックカバーに住所があったので、いろは書房の場所はすぐわかった。

コンビニの手前で足を止める。気にしていなければ通りすぎてしまうくらい小さな店で、いろは書房とゴシック体で書かれた古いシャッターが下りている。祐介が裏に回ると、服部《はっとり》という表札があった。

チャイムを鳴らすとしばらくして扉が開く。

出てきたのは、ちゃんちゃんこを着た眠そうな目の老人だった。名前は服部利《とし》夫《お》。いろは書房の元店主だ。

「少しお聞きしたいのですが、よろしいでしょうか」

祐介は万和堂書店の事件のことだと話した。

「ああ、布川くんのことやな。無事なんか」

まだ意識が戻らないと伝えると、服部は目をしょぼつかせつつ、中に招き入れてくれた。

「言葉もあらへんわ。犯人、厳罰にしたってくれ」

警察は捕まえるだけですのでと苦笑いする。

服部は急須を使って丁寧にお茶を淹れてくれた。

「あの子は子どもの頃からよくウチの店に来てくれとったよ。長いつきあいになるもんでな」

布川は母子家庭で育ったらしい。高校を出た後は他県の大型書店に就職して経験を積み、数年前に地元へ戻ってきて、万和堂書店を開いたそうだ。

「この、本が売れん時代に自分で本屋を開くってのは大変なことなんや。そやけど布川くんは自分が生まれ育った町にみんなが喜ぶ本屋を作りたいって。ほんまに立派になって、私も誇らしかったんや」

服部はまるでわが子のような話しぶりだ。布川は独身で私生活はいたって地味。すべてを本屋のために注いでいたらしい。

「万和堂の店の前にあった貼り紙をご存知でしょうか？　万引きをしたあなたへという」

問いかけると、服部は渋い顔をした。

「あれな……」

反応からして貼り紙のことは知っているようだ。だがそれについてとやかく言うのは近しい仲だけに避けたいのだろうか。

口を閉ざす服部に、祐介は別の問いを発した。

「杉本魁という少年をご存知ですよね？　こちらの本屋で二年前に万引きをしたと通報された少年です」

服部は大きくうなずく。

「ああ、あのときの。覚えとりますよ。あれは悪い子や。誰かがきつく叱ってやらんと。周りにちゃんと怒ってくれる大人がおらんかったんやろ」

服部は魁を捕まえた時の状況について語ってくれた。ただそれは平松から聞いたことをなぞる内容だった。

「ひょっとして刑事さん、あの少年が万和堂の万引き犯やったんですか」

「それは調査中です」

それどころか、布川を殴った強盗殺人未遂犯の可能性すらある。だがさすがにそれは話すことなどできない。

「昔は自分の子でなくとも悪いことをしたら叱ってやることができたが、今は下手に叱ると、親が乗りこんできて面倒なことになるしな。ああ、昔は良かった……みたいに言うたらあかんのやったか」

服部は眼鏡を直すと、大きなため息をついた。気持ちはわかる。いろは書房で万引きした少年が今も警察の世話になっているようなのだから。礼を言って去ろうとしたとき、スマホに着信があった。平松からだ。

「どうした？」

「さっき、万引きをした高校生を現行犯逮捕したんです」

ひょっとして杉本魁か。とっさに聞き返したが、違うそうだ。だが平松は興奮気味で声はなぜか明るい。

「なんと魁の仲間なんです。この前、コンビニで仲間といるのを見かけたとき、女子高生が一人いたの、覚えてますか」

「ああ、そういえばいたな」

「捕まえたのはその子なんです。魁のこと、聞き出せるかもしれませんよ」

なんてタイミングだ。行ってみるしかない。

礼を言って服部宅を後にした。

向かった先は、花園《はなぞの》にあるドラッグストアだった。

店員に案内されて奥の部屋に入ると、平松がいた。店長らしき男の人がしかめ面をしている。その前の椅子に座る長い茶髪の少女に目がとまった。

確かにこの子だ……。

机の上に商品のマスカラが三つ置いてある。これを盗《と》ろうとしたわけか。

「防犯カメラにしっかり映ってるよ。言い逃れできないね」

平松の視線は厳しかった。

「初めてなんです。本当につい軽い気持ちで」

少女は必死で訴えていた。とぎれることなく出てくる言葉が、何ともそらぞらしい。きっと何度もくり返してきたのだろう。ひょっとすると二年前にいろは書房で万引きをした魁の相方だったのは、この少女だったのかもしれない。

「本当に初めてだったのか」

祐介の問いに、少女は縋り付くような目を向けてきた。

「そうです。本当なんです」

「初犯だから許されると思っているのか。回数なんて関係ない。君のしたことは犯罪だ」

垂れた蜘蛛の糸を切られたように、少女はうなだれた。言い訳してもあまり意味はないと悟ったのか、今度は泣き出した。やれやれ。面倒くさい。

「杉本魁くんのことで聞きたいことがあるんだが」

茶髪の少女ははっとしたようにこちらを見た。祐介を見上げた少女の顔はおびえ切っていた。いや、そう見せかけているだけなのかもしれない。

「ちょっと彼のことが知りたくてね。君がコンビニ前で仲間たちと一緒にいたのを見ていたんだ」

「僕も見ましたよ」

平松も腕を組みながらうなずく。少女は上目遣いで長い髪を撫でた。

「魁は私なんかよりずっと悪い奴だよ」

少女は祐介と平松を交互に見た。

「ほんと最低なんだから」

彼女の心は手にとるようにわかった。矛先の方向が自分ではなくなったことを感じとり、責める側へ回ろうとしているのだ。だがそんなことを責めても仕方ないし、何でも話してくれそうでかえってありがたい。

「店長さんが襲われた万和堂っていう本屋に、万引き犯に向けた貼り紙があったことは知ってるかな」

祐介が問いかけると、少女はこくりとうなずいた。

「その万引き犯、誰だか知ってる？」

拍子抜けするほどあっさりと認めた。魁はどうやら切り捨てられたようだ。

「私は本を返してきなさいよって魁に言ったんです。そしたら顔写真はさらされないんだからって」

さもいいことをしたかのような口ぶりだ。

「魁は言ってました。布川店長のことがむかつく。絶対赦せないって」

担任の先生に言いつけてやるという子どものようだ。

「最初はどうしようって焦ってたけど、他の奴もやっているのに何で俺だけをって怒ってました。正義ぶってマウントとりたいだけだろ。いつかあいつに思い知らせてやるって」

確かにあの警告はやりすぎかもしれないが、もとはといえば自分の万引きが発端ではないか。

「でも魁も可哀相なんだよ。お母さんはホステスさんで小さい頃から夜は一人だし。親が再婚したら家の中で邪魔者扱いされるようになっちゃったって」

少女はひとつため息をついた。

「うちも同じようなもんだけど」

だからどうしたと言いたくなった。そんなことで悪事が赦されるとでも思っているのだろうか。俺や真佐人だってつらい子ども時代をぐりぬけてきている。だがそんな怒りは今、必要ない。

「もう一度、訊かせて欲しい。杉本魁は布川店長を恨んでたんだね」

「そうだよ。自分が悪いことしておいて、ほんと最低だよね。期限のあの日だってぶっ殺してやるって言ってたんだから」

「殺す？　そう言ったのか」

「うん、間違いないよ」

祐介はあごに手を当てた。殺意があったのか。だがこの場合の殺すは文字通りの意味ではないようにも思える。彼らは「殺す」という言葉を日常的に使うし、むかつくという意味と大差ないかもしれない。この事実だけで布川に復讐したとは決められないだろう。

顔を上げると、少女はどこか誇らしげな顔をしている。

「ほら、正直じゃない？　私。だから刑事さん、万引きのことは親には言わないで」

「それとこれは話が別だ」

平松が言葉を挟むと、少女はそっぽを向いた。

自分がしたことは責任をとらなければいけない。そんな当たり前のことさえ学んでこなかったのか。罪を逃れるために切り捨てられる魁が少しだけ哀れに思えてきた。こんな人間関係しか築けない環境なのだろう。

「じゃあ川上さん、後は僕に任せてください」

平松は電話で保護者を呼んでいる。

祐介はドラッグストアを出て車に乗った。

仲間の少女に聞いて、だいたいのことはわかった。顔を公開されたくなければ返しに来いという布川のやり方は、過剰に魁を責めることになり、恨みを買ったように思える。

もちろん悪いのは魁に決まっている。だが布川の仕打ちは正義というよりただの攻撃欲求に成り下がっている気がする。

思い出すのは二十年以上前のことだ。父が警察を追われるように辞めたとき、みんなが敵になった。悪意の洪水。そこにあるのは正義などというものではなく、攻撃できる格好の対象を見つけたので欲求を満たそうといったものだった。それと似たような布川の心理がこの事件の根本にあったのだろうか。

スマホに着信があった。葉月からだ。

「川上くん、今いい？」

「どうしました」

「布川店長が意識を取り戻したって」

わかりましたと言って祐介は車を出す。病院へ進路をとった。

4

午後八時十五分。祐介は万和堂書店の中にいた。

事件から十日以上が経ち、書店は営業を再開した。事件があったことは世間に知れ渡っているので、関係者だけでなく遠くからも励ましの客が来店して連日にぎわっている。今は閉店時間を迎え、客はいない。

祐介は本棚の陰に身をひそめつつ、店の入り口に視線をやった。そこには新たな貼り紙があった。

——万引きしたあなたへ。

盗んでいった本を返してください。今月の二十二日までに返してくれなければ、あなたの顔写真を公開します。

店長

「こんなことして、大丈夫ですかね」

薄暗い店内で心配そうな声をあげたのは、制服姿の平松だった。

あらたに設定された返却期限は今日までだ。うまくいく保証はないが、きっと奴は来る。

午後八時二十七分。

誰かの足音が聞こえ、祐介たちは息をひそめた。

やって来たのは少年だ。

杉本魁。間違いない。

薄暗い店の中、魁は辺りを見渡す。誰もいないと確認した後、スポーツバッグから本を何冊かとり出すと、無造作に棚へ置いた。

もう十分だ。祐介は本棚の陰から飛び出す。平松がスイッチを押すと、店内は一気に明るくなった。

「お前が万引き犯だったんだな」

魁は黙ったまま、祐介を睨みつけた。書店員の相田が外からシャッターを下ろす。これでもう逃げられない。

「どういうことだよ。返しただろ」

「返しても窃盗は窃盗だ」

「ふざけんな！　警察がこんなことしていいのか！　ありえない」

魁の握りしめた拳は震えていた。

「俺が聞きたいのは、布川店長が襲われた晩の真実だ」

「犯人は見つかったんだろ」

祐介は黙ってうなずいた。

「おかしいのはあったはずの万引き犯の顔写真がなくなったことだ。金庫にしまってあったのに、事件があった日、消えてしまった。誰かが奪っていったとしか考えられない」

「俺が盗ったたって言いたいのか」

激しい怒りが祐介に向けられた。

「じゃあどうしてあの晩、あそこに立って店の方を見ていた？」

その瞬間、魁の顔が歪んだ。唇を嚙みしめている。

「犯人は逮捕されたが、布川店長の頭部には打撲痕が二か所あった。犯人とは別の誰かがもう一度殴って写真を持ち去った可能性がある」

「俺はやってない」

「布川店長を殺すって言っていたらしいな」

祐介が指摘すると、魁は大きく目を開けた。

「くそ！　知らねえよ」

握りしめた拳が小刻みに震えている。

「確かに万引きはしたよ。貼り紙で脅されて、あのくそ店長にムカついていた」

魁はいまいましげに額に手を当てた。

「だがあの日は何もしていない。どうなったか見に行っただけだ」

「万引き犯の写真がなくなっていたことについてどう思う？　君の写真だぞ。他の誰が盗っていくと思う？」

問いかけられて、魁の顔は青ざめていた。だがしばらくして、火が付いたように大声を上げた。

「知るか！　本当に俺じゃない！　ふざけんな！　どこまで寄ってたかって俺を陥れようとしてやがるんだ！」

魁は怒鳴り散らしていた。祐介は冷たい目のまま、口を開いた。

「誰が持ち去ったか、知りたいか」

「ああ？」

「布川店長だよ」

魁の目が大きく開かれた。

「店長があの日、写真を処分したんだ」

どういうことだ。魁の顔にそう書いてあった。

「店長はもともと、君の写真を公開する気はなかったんだ」

「……ただの脅しだったってことか」

魁は安堵したように笑みを浮かべた。

「くそ、ふざけやがって」

「ふざけてるのはどっちだ！」

祐介が怒鳴ると、魁は射すくめられたように動かなくなった。

「店長がこんなことをしたのは理由があったんだ」

そう言ってきつく睨みつける。魁は理由？　と小さくつぶやく。

「どうしても君に来て欲しかった。だからああやって書けば、必ず来てくれると思った」

「……どういうことだよ」

「店長の思いはこの本にある」

祐介は古いブックカバーのかかった『鐘の丘の魔女』を手にした。

「この古い本、昔、いろは書房で万引きされたものだったんだ」

「万引き？」

魁がいぶかしげに目を細めたとき、がらがらと音をたててシャッターが開いた。

車椅子に乗せられた一人の人物が姿を見せた。頭に包帯を巻いている。

「その本を万引きしたのは私だ」

声を発したのは布川だった。

相田に押されつつ、ゆっくりとこちらに向かってくる。祐介は『鐘の丘の魔女』を布川に手渡す。受け取ると、布川は魁の方を向いた。

「あんな貼り紙をした人間が過去に本を万引きしていた……。信じられないのも無理はない」

布川は悲しげな目で魁を見つめた。

「だが本当だよ。私は高校生の頃、いろは書房でこの本を盗んだんだ。ほんの出来心だった。うちは貧しくてね。進学をあきらめなくてはいけない状況にむしゃくしゃしていたのかもしれない。もちろんそんなこと、言いわけにならないがね」

魁は口を半分開けたまま、固まっていた。

「私は店主の服部さんに捕まった。よりにもよって子どもの頃から通っていた本屋でこんな馬鹿なことをしてしまった。もう駄目だ。警察に連れていかれる。そう覚悟した。だけどあの人は赦してくれたんだ」

布川は古いマンガ本に視線を落とした。

「誰にでも過ちはある。今度したら赦さんが、今回だけは赦すって服部さんは言ってくれたんだ。私はすみませんと言って泣いたよ。そして後でお金を払ってこの本を買った。あの時の気持ちを忘れないように今も大事にしている」

布川は本から魁に視線を移した。

「君のことは服部さんから聞いていた。だから万引き犯の子だとすぐにわかったが、君は逃げてしまった。このままではずっとこのくり返しだし、何とかしたいと思った。君の写真を公開するつもりは初めからなかったよ。ああやって書けば君は必ず来ると思った。ただ君がなぜ万引きをくり返してしまうのか、君のことをちゃんと叱って赦してやりたい。そう思ってあんな貼り紙をしたんだ」

事務机の上に『鐘の丘の魔女』があったのは、魁がやって来た時にこの本を見せて自分の過去を打ちあけようと準備していたからだという。

「……なんだよ、それ」

魁は顔を上げた。表情が引きつっている。

「ただの自己満足かもしれん。自分が与えてもらったものを、次の世代に返したい。そういう善意のおしつけかもな」

魁は何もしゃべらず、下を向いた。

「私は嬉しいよ。君が本を返しに来てくれて。いやいやでもいい。あの日の夜も本当は本を返そうと思って来てくれたんだろう」

魁はその場に立ちつくしている。

「君は本を返しに来てくれた。だから私は君を赦そう。悪いことをくり返して自分を傷つける必要はない。自分の人生、もっと大切にしたらどうかな」

まるで父親のような温かいまなざしで、布川は魁を見つめている。祐介は目をそらして魁に背を向ける。

「俺からはもうこれ以上、何もない」

平松も何も言わず、帰ってもいいというジェスチャーをした。だが魁はうなだれたまま、しばらく動くことはなかったが、

「……格好つけんなよ」

そう言い残すと、シャッターを蹴り飛ばして魁は去って行った。

「あいつ！　だから僕は反対したんですよ」

平松が追いかけようとしたので、服をひっぱって止めた。

祐介は布川の方を向く。彼は残念そうな顔を見せるかと思ったが、そうでもなかった。このことで彼が変われるとうぬぼれてはいない。だが自分にやれることはやった。そんな、どこか満足げな顔に思えた。

祐介は万和堂書店を後にし、太秦署に戻った。

デスクワークをしながら、今回の事件について振り返る。それにしても思わぬ真相だった。いや、事件としては宇野が借金苦で布川を襲ったという単純なものに過ぎない。

真佐人の言うことは正しかった。

布川は宇野に襲われたときのことを覚えていて、殴られて倒れる際に机の角で後頭部を打って意識が飛んだのだという。魁は無関係。布川は宇野についてどうしようもない奴だと呆れつつも、赦《ゆる》そうとしているらしい。布川は少し人がよすぎるんじゃないかと思う一方で、そんな単純な事件を深読みし、裏に何かあると嗅ぎ回っていた自分が恥ずかしい。自分は今回、ほとんど空回り。活躍したといえば、宇野を追いかけて捕まえただけだ。

報告書を書き終えるタイミングを見計らったかのように、電話が鳴った。平松からだ。

「どうした？」

「魁が自首したんですよ」

「なに？　……そうなのか」

「これまでの窃盗、全部吐きました。まだ高校生とは思えないくらい酷い奴です。いくつ余罪があるんだってくらい。でも素直に話していくんでびっくりしました」

想像もしなかった展開だ。

ひょっとして布川は最後、こうなることまで予想していたのだろうか。人間、変わろうとしてもすぐに変われるものではない。だがたった一度でもいい。誰かが自分のために真剣に向き合ってくれたという経験があれば、この先道を踏み外しそうになっても踏みとどまれるかもしれない。

少し清々しい気分になった時、また電話が鳴った。

表示は実桜からだ。通話ボタンを押して通話に出た。

「はい、どうした?」

「川上さん、西島さんのところに行ってあげて」

それか。前にも聞いた。わかっている。こっちだって聞きたいことはあるのだ。

「忙しいんだ。今度の非番のときに行くよ」

「お願い! 予断を許さない状態だからすぐに来て欲しいって病院から連絡があったの!」

思いもしない強い口調だった。

「川上さんと、どうしても話したいって」

どうしたのだろう。身内がいないとはいえ、何故俺を呼ぶ? 祐介はわかったと言って通話を切った。

5

エレベーターを待つ時間を惜しむように階段を駆け上った。

ただ事ではない。そう思ってさっき真佐人にも電話をかけたが、つながらなかった。留守電にメッセージを入れたが、折り返しはまだない。

西島の病室の前まで行くと、看護師が厳しい顔で中から出てきた。祐介に気づくと、ほっとしたような顔になる。

「よかった。川上さんですね」

「あ、はい」

「西島さんがどうしても呼んで欲しいって」

「そうでしたか」

中に入ると、西島はベッドに横たわっていた。点滴や色んな医療機器がつながれている。そのやつれた顔が彼のおかれた状況を物語っている。

「ありがとう、来てくれて」

絞り出すような声だった。

「川上くん、本当にすまなかったね」

何を謝っているのだろう。

西島は視線を外し、口元を緩めた。

「本当に、そっくりだ」

何のことだ。西島はどこか穏やかな表情でしばらくこちらを見つめていた。

「君のお父さんは大八木宏邦という人だろう」

思わぬ言葉に、祐介は大きく目を開けた。

西島は重そうなまぶたのまま、こちらを見つめている。

これまで身内以外で父のことを知っていたのは、加藤博行《かとうひろゆき》巡査長だけだった。

こんなところで動揺してどうする？　立て直そうと自分を叱咤する。だが、口を開くことができても、声は出てこなかった
「ずっと苦しんできたんだろう。お父さんは悪者だと、みんなに責められて」

西島の息遣いが乱れた。

「私は嘘をついた」

祐介は嘘という言葉をくり返した。

「ああ、私は君のお父さんに脅されて、自白したことになっている」

「…………」

「だがあれは事実とは違う」

開けた目が閉じなかった。

「私は嘘をついてしまったんだ。自分の無罪を勝ちとるために」

「何故だ！」

抑えていた感情が一気に噴き出した。

「弁護士の入れ知恵か」

「そうだ。無罪になるため必死だった」

何てことだ。やはり父は何も悪くなかった。西島は無実なんかじゃない。殺人犯だったのだ。

「大八木さんは私の有罪を示す鑑定結果を見せただけだ。私は絶望して自分がやったと認めてしまったが、あの人から脅迫なんてされていない」

この死にかけの病人を殴りつけたい思いになった。どうしてだ。どうしてそのことをもっと早く言ってくれなかった。しかしもう西島を責めても仕方ない。ただ悔しくてたまらなかった。

「それでも……」

西島は朽ちた枝のような手で、祐介の腕をつかんだ。

「私は無実だ」

「なに？」

「私は誰も殺していない。それは嘘じゃない。信じて欲し……」

西島は咳《せき》こんだ。目の前の景色が歪んで見える。祐介は困惑したまま、西島が発する次の言葉を待った。

「大八木さんは刑事を辞めたあと、私のところに謝りに来たんだ。あなたのために真犯人を必ず見つけたい。そう言ってくれたんだ」

「嘘だ！　そんなことがあるか！」

耐え切れず、祐介は大声で怒鳴った。

世間から悪者扱いされたまま、この世を去った父。父は何も悪くなかった。西島は無実なんかじゃない。本当に殺人犯だったのだ。ずっと心のどこかでそんな真相を追い求め続けてきた。それなのに……。

今まで自分を支えてきたものが崩れ落ちて行くのを感じた、
外まで声が聞こえたのだろう。怪訝そうな顔で医師が入ってきた。西島は荒い呼吸で祐介を見つめている。涙を流しながら、虚ろな目で本当だと訴えている。

医師は西島に酸素マスクを取りつけた。

まぶたは閉じられ、いつの間にか意識がなくなっているようだ。彼はこのまま死んでしまうのか。これを信じろというのか。父はいったいどうして……。

そういえば以前、小寺は言っていた。もし本当に西島が無実なら、父は警察を辞めて終わりにするんじゃなく、きっと真犯人を見つけ出そうとするだろうと。何てことだ……。

視線を感じて顔を上げる。

入り口のところに誰かが立っていた。

「真佐人」

目と目があったとき、ゆっくりと扉が閉じられた。

第四章　約束の朝

1

窓を開けると、凍てつくような空気が流れ込んできた。

今年一番の冷え込みと聞いていたが、外は本当に寒い。空を見上げると、朝焼けがきれいだった。今日の天気は下り坂か。ひょっとして雪が降るかもしれない。

朝焼けのあとは天気が悪くなる。そう教えてくれたのは父だった。

夕焼けだったら次の日は晴れ。朝焼けも夕焼けも同じようにきれいな空なのに、その後の天気は真逆なのが不思議だなと子どもの頃に思った。それから真佐人と二人、しょっちゅう空を見上げては、天気を当てる遊びをしたものだ。

西島と会ってから、二十日ほどが経った。

あれから間もなくして西島は息を引き取ったと、実桜から連絡を受けた。

私は無実だ。

西島の言葉が真実なら、信じてきた全てが崩れていくことでもある。彼の死とともに久世橋事件の真相は闇に消えるのだろうか。

スマホを手にする。表示した番号は真佐人だ。

あの日、真佐人も病院にいた。西島とのやり取りを見ていたはずだ。あいつだって本当は心底気にしている。そうでなければあの場に駆けつけたりしないのだから。あれから何度も電話しようと思ったが、結局できないでいる。

スマホをしまい、もう一度窓の外を見た。

歩道に落ち葉が舞っている。

色々あったが今年も終わりだなと思った時、門のところに誰かがやって来るのが見えた。

太秦署の建物を見上げている。老人だ。小さな袋を手にしている。京都で有名な和菓子屋の紙袋だ。

制服警官が近寄って声をかけているが、老人はじっとして動かなかった。どうしたのだろう。様子を見ていると老人は紙袋を抱え、中をまさぐった。

はっとしたように、制服警官は後ろに一歩下がった。

朝日を反射して、何かが光った。祐介も目を大きく見開く。老人が手にしていたのは刃物だった。

大変だ。

「不審者が門のところに！　刃物を持っています！」

祐介は大声を上げた。慌てて防刃ジャケットを着ると、階段を駆け下りる。こんな朝早くから、なんてことだ。他の刑事も祐介に続く。

「ナイフを捨ててください」

刺激を与えないようにそっと制服警官が声をかけているが、老人は警官の方を向きもせず、ナイフを手にしたまま無言で突っ立っている。

近づいてみてわかったが、ただのナイフではない。刃の部分がくの字に曲がっている。ミリタリーマニアの平松が以前教えてくれたので知っている。おそらくククリナイフという殺傷能力の高い軍用のものだ。どうしてこんなものを持っているのかさっぱりわからないが、その刃には赤黒い染みがついていた。

焦りを強める制服警官を手で制し、祐介は一歩、彼に近づく。

「落ち着いてください」

祐介が声をかけると、ようやく我に返ったのか老人はこちらを向く。彼の目から感じられたのは、怒りや憎しみではない。どういえばいいのか、すべてを諦めきってこれから自殺しようとしているような、そんな目だ。

老人は刀を鞘に収めるように、ナイフを紙袋の中にしまった。

「それをこちらに」

祐介がゆっくり手を差し出すと、老人は無言で紙袋を差し出す。その袋を受けとってすぐに制服警官に渡す。ナイフを老人から遠ざけるように目で指示した。

「あなたのお名前は？」

「秋山富士夫《あきやまふじお》」

祐介は深呼吸をしてからうなずく。

「何があったんですか」

その下がり気味の白い眉は、とてもさみしげに見える。老人は祐介を見るでもなく、口を開いた。

「息子を殺した」

祐介は思わずえっと声を上げる。顔をゆがめて老人はうなだれた。さっき見たナイフの刃は赤黒く染まっていた。あれで息子を刺し殺したということか。

「年齢は七十八歳。無職。息子を刺したのは自宅だ。ああ、うちの住所か。京都市右京区太秦上刑部町《かみけいぶちょう》七丁目……」

老人はさっきまでとは別人のように、はっきりとした口調ですらすらと話していく。この調子ではここで取り調べがすんでしまいかねない。

「とにかく、中で聞かせてください」

祐介は老人の言葉を途中で切ると、署内へと連れて行く。空いている取調室へ入って老人を座らせると、先輩刑事に肩を叩かれた。

「川上、さっそく現場を見にいくぞ」

「わかりました」

あとは他の者に任せて、祐介は車に乗りこんだ。

すっかり朝となり、通勤ラッシュの中、蚕《かいこ》ノ《の》社《やしろ》まで移動した。

秋山という老人の話では、殺した息子とは同居していたという。宿直明けに殺人犯が自首して来るとは、思わぬことになった。まあ、包丁を振り回して暴れられなかっただけましか。

着いたのは嵐電の駅の近くにある一軒家だ。

既に警察関係者が集まっている。玄関に上がると顔なじみの鑑識課の警官がいて、祐介に耳打ちした。

「秋山って老人は元警察官らしいぞ」

「えっ、そうなんですか」

さっきは無職としか言ってなかった。思い返すと確かに取り調べに慣れた様子だった。元警察官による息子殺し。これは思ったよりも大事になりそうだ。

「仏さんはそっちだ」

鑑識課の警官が突き当りの部屋を指さした。

ドアが開け放たれている。さっそく部屋に入ると、ベッドの脇には巨漢が横たわっていた。

トレーナーにジャージ姿だ。トレーナーに描かれた萌えキャラは血に染まり、裾が半分めくれて大きな腹が飛び出ている。右わき腹、太りすぎてできた妊娠線があるところに深い刺し傷がある。かなりの出血量だった。遺体の状況からして、殺されてから間もない。おそらく今朝の五時から六時くらいではないかと鑑識課員も言っていた。

祐介は手を合わせて被害者の冥福を祈ると、室内を見渡す。ベッドの横には電気ストーブが置かれていて、床には株の本やアダルトＤＶＤが散乱していた。入り口近くにあるＤＶＤケースは割れている。

やがて中原葉月がやって来た。

「被害者は？」

「健太《けんた》さんと言って秋山富士夫の息子さんです」

それから祐介は家の中をしばらく見て回った。被害者は顔立ちからしてまだ三十代くらいに見えたが、四十五歳と思ったよりも年齢がいっているようだ。

「秋山富士夫の奥さんは亡くなっていて、父と息子の二人暮らしだったみたいです」

妻は十年以上前に病気で他界し、もう一人の娘も独立してここには住んでいないという。現場に残された秋山の携帯を見ると、通話履歴はほとんど「成海《なるみ》」となっている。どうやら秋山の娘のようだ。

部屋には額がいくつも飾られていた。秋山は本部長表彰を何度か受けたようだ。祐介はしばらくそれを見つめていた。

——これは昔……俺の家にもあった。

よみがえる記憶を振り払って玄関に向かうと、一人の男がやって来た。係長の有村だ。扉を開けるなり、何も言わずにどかどかと上がってきた。現場に足を踏み入れると被害者を見下ろす。その目は、いつもと違っていた。

「……なんでや」

力なくつぶやいた後、有村は黙りこんだ。きつくこぶしを握り締めている。その様子に少し戸惑いつつも、祐介は話しかけた。

「殺された健太さんは働いてはおらず、どうやら父である秋山富士夫の金をあてに暮らしていたようですね」

祐介は今つかんでいる情報を伝えていくが、右から左に抜けていくように無反応だ。

「係長、もしかして秋山富士夫のことをご存知なんですか」

問いには答えず、すぐに有村は去っていった。

狭い世界だ。つながりがあってもおかしくはない。警察関係者に与えるショック
は相当なものだろう。元警察官による息子殺し。いったいどんな事情があったのだ
ろう。

葉月と秋山の出頭時の様子について話していると、彼女の視線が祐介の背後に固
定された。振り向くと、眼鏡をかけた優男の姿があった。

真佐人……。

西島のいた病院で会って以来だ。

真佐人は遺体の前で手を合わせると手袋をはめて、刺された傷を確認し始めた。

その後、辺りを物色する。電気ストーブの辺りを特に念入りに観察していた。

「検事、何かおかしいところに気づかれたんですか」

葉月が問いかけると、真佐人は振り向くこともなく何かを拾い上げた。

「マッチ棒、ですか」

「ええ」

使用済みのマッチ棒が何本か、空き瓶に入れられていた。

「部屋に灰皿はないようですし、ヤニくささもありません。被害者はタバコを吸わ

ないようですし、何に使ったのだろうと思いまして」

相変わらず細かい奴だ。

「犯人は素直に取り調べに応じているようですし、供述を待ってから、というところでしょうか」

「そうですね。でも犯人が元警察官というのは調子が狂いますよね」

真佐人は葉月の言葉に対し、特に何も返さなかった。しばらくして立ち上がると、こちらに向かってくる。祐介は視線を外し、気づかないふりをした。すれ違い際、祐介の前で真佐人の足が止まる。

「有村は秋山の元部下だ」

発せられたのはその一言だった。

はっとして顔を上げる。それで有村はあんな態度をとったのか。ともに戦ってきた上司が引退後、殺人を犯すとは思いもしなかっただろう。

「有村が手心を加えないとも限らん。気をつけろ」

周りに気づかれないように無反応を装っていたが、思わず真佐人の顔を見かえしてしまった。

「さすがにそんなこと、するはずないだろ」

少し間があいた。

他の刑事が近づいてくる。真佐人の口調が変わった。

「川上さん、他に何かありますか」

「いえ……」

祐介は背を向ける。カーテン越しの窓の外、枯れ葉が舞うのをしばらく見つめていた。

2

秋山富士夫の取り調べが始まった。

取調室の机の前には有村が座り、祐介は横に立っている。真佐人が心配するように、かつての上司を取り調べていいものかとも思うが、担当することは有村が強く希望した。

連れてこられた秋山は、かつての自分の部下である有村がそこにいようとも、表情を変えなかった。対する有村もだ。こうして見ていると、彼らは本当に知りあいなのだろうか、と疑問にさえ思ってしまう。

「座ってください」

有村の言葉に秋山は無言のまま、腰かけた。秋山はちらりとこちらを見たが、すぐに顔を伏せた。

「さっそくですが秋山さん、聞かせてください」

有村は秋山の目を見ながら、穏やかに語りかけた。

黙秘権の告知と身元確認の問いの後、有村は無駄な会話を一切はさむことなく、核心に迫る。

「あなたは息子の健太さんを殺したんですね」

「ああ、そうだ」

「その時の状況を詳しく教えてください」

どうして実の息子を殺すようなことになってしまったのか。そこに至るまでに二人の間に何があったのだろう。

「健太の部屋に向かったのは、今朝の五時半くらいだった。あいつが寝ているところを刺すつもりで」

秋山は生気のない声で淡々と語った。

「今朝ですか？　どうしてそんな時間だったんです」

有村は問いかける。確かに寝込みを襲うなら、眠りの深い真夜中の方がいいのではないか。

「健太はいつも明け方近くまで起きていて、寝るのは四時過ぎくらいだったからだ」

昼夜逆転の生活だったということか。

「朝の五時半といってもまだ真っ暗でしょう？　寝込みを襲ったというのなら、懐中電灯か何か用意したんですか」

秋山はゆっくりと首を左右に振った。

「室内はうす明るいんだ。あいつは真っ暗だと寝られないそうでね。いつも小さな明かりをつけて寝ている」

「なるほど。それで部屋に入ってからどうしました？」

「机の上のペン立てにナイフが入っているのは知っていたんでな。そのナイフで寝ているところを刺そうと思っていた。だが床に落ちていた何かを踏んでしまったんだ。プラスチックが割れるような音がした。それで健太は目覚めた」

それは入り口付近にあった割れたＤＶＤケースのことだろう。今のところ、話に矛盾点は見つからない。

「ナイフを持っているのに驚いたんだろう。健太はベッドから転げ落ちた。その後、お互いの顔を見つめ合っていたが、健太は状況をすぐに呑み込んで、ナイフを奪おうと向かって来た……」

そこで秋山は下を向き、額に手を当てた。

これまで淡々と語ってきたが、間があいた。

「それで、どうしたんです?」

容赦なく有村はせっついた。秋山は顔を上げると、見えないナイフで刺すように、右手を有村の方へ突き出した。

「あいつのわき腹にナイフを突き立てた。引き抜くと大量に血が流れ出た。健太は少しだけ声を上げて、そのまま動かなくなったよ」

寝込みを襲い、実の息子を刺し殺す……あまりにも悲しい供述だった。秋山は涙こそ見せなかったが、その苦痛に歪んだ表情だけで気持ちは十分に理解できた。

「どうして実の息子さんを殺そうと思ったんですか」

有村の問いに、秋山はゆっくりと顔を上げた。口が半分ほど開いたが、言葉は漏れてこない。しばらく待っていると、ようやく声が聞こえた。

「少し長くなるが、いいか」

秋山は祐介の方に視線を向けてきた。

「君はまだ三十くらいだな。私は君が生まれる前から刑事だった。この太秦署にいたこともある」

懐かしそうに秋山は取調室内を見渡す。やがて視線を正面に座る有村に戻した。

「私は典型的な仕事馬鹿、昭和の人間だ。家のことは家内に任せっきりで、二人の子どももいつの間にやら成長して大人になっていた」

秋山はさらに続けた。

「息子の健太は就職氷河期世代だった。どんなに面接を受けても落とされ続けて、何とか地元の企業に非正規で拾われたんだが、三十過ぎてからリストラにあってね。その後はずっと家に引きこもってしまった。何でもいいから働けと言ってもきかないんだ。どうせ俺は負け組だと社会を恨むことばかり口にして、誰とも付き合わなくなっていった」

気のせいか、秋山の声はかすかに震えていた。

「やがて家内や娘に当たり散らすようになった。誰の言うことも聞かず、ただ食って寝るだけ。家内はあいつのことを気に病んだまま、体を壊して早死にしてしまったんだ。娘は独身だが外へ出した。アパートで一人暮らしをしている」

秋山も定年後は家にいることが多く、健太と二人だけの暮らしが十年以上続いたらしい。

「二年くらい前かな。あいつの机の上にナイフがあるのを見つけたんだ。私の知る限り、健太にそういう趣味はなかったはずだ。心配になってあいつがネットに書きこんでいる内容をこっそり見た。自殺したい。だが単に死ぬだけでは面白くない。できるだけたくさんの人間を道連れにしてやりたいって書かれていた」

秋山はすぐに健太を問いただしたらしい。

「あいつは本心だと認めた。だがそれよりも私が部屋に勝手に入ってパソコンを見たことに怒り狂った。ナイフをこっちに向けて殺すぞと突きつけられた。だがその時は抵抗する気もなかった。息子に殺されるのが見ず知らずの人じゃなく、父親の私ならましだと思った」

むしろ刑務所に入れてもらった方がいい。秋山はそう思ったという。

「だがあいつはナイフをしまって言ったよ。老い先短い親父を殺したってつまらん。それに自分が殺されるより息子が殺人鬼になった方が苦しいだろう？　できるだけたくさんの幸せそうなやつを殺して、自殺してやるって」

秋山はうつろな目で祐介の方を向いた。

「親の責任としてあいつを殺さなくては……私はそのとき、そう思った」

想像以上に凄絶《せいぜつ》だった。もし自分が秋山の立場ならどうしただろうか。想像でしかないが、同じように息子を殺そうと考えたかもしれない。

「ただそれはもう二年前のこと。実行に移せないまま、日が過ぎていった。ふんぎりがついたのは、つい先月のことだった」

「何かきっかけがあったんですか」

秋山は天井を見上げると、深く息を吐きだした。

「私はもうすぐ死ぬ」

祐介は小さくえっと言った。

「死ぬってどういう意味ですか」

「病院で言われたんだよ。もう助からないってね」

秋山は胸のあたりを押さえた。肺に悪性の腫瘍が見つかったのだという。

「あんな息子を残して死ねない。絶望だけしかなかった。その時だ。私が行動に移す決意をしたのは」

小さな目がこちらをしっかり見据えていた。

「どんな刑に処されようと本望だ」

語り終わると、秋山は目を閉じた。

「私が悪いんだ」

その閉じられたまぶたは、必死で涙をこらえているように見えた。

しばらく有村も祐介も一言も声を発することができなかった。これまで何人もの殺人犯を取り調べてきたが、これほど悲しい殺害動機をもつ者は多くない。おかしな気もするが、被疑者に同情し、殺された被害者の方に憤りすら感じた。

見上げると、空には刷毛で書いたような筋雲《すじぐも》が浮かんでいた。

祐介は葉月とともに裏付け捜査に出た。向かう先は秋山の娘が住んでいるアパートだ。騒ぎが大きくて事情聴取に出向くのが怖い、とのことだったので、こちらから自宅へと訪問することになった。

「秋山健太はこの前、映画村近くで起きた事件の犯人に似ているわね」

助手席で葉月が口を開いた。

「ええ、似てますね」

一か月ほど前、凄惨な事件が起きた。花園駅から映画村に向かう観光客の列に、一台の車が突っ込んだのだ。車は一方通行を逆走して観光客を次々と撥《は》ね飛ばし、生八つ橋の店に突っこんでようやく止まった。奇跡的に死者こそでなかったものの重軽傷者十一名。明らかに故意に突っ込んだもので、無差別殺人未遂事件だ。

事件を起こしたのは、引きこもりの四十代男性だった。世を恨んで自暴自棄になってやったらしい。この男は今、総合病院の集中治療室にいる。全身の骨が折れて重傷だったが、命に別状はないそうだ。

「少し前にも東京でそういう事件ありませんでしたっけ？　何か続いてますよね。同じようになる前に、と秋山は思ったんでしょうか」

「かもしれないわ」

秋山の病状は、主治医に確認して間違いなかった。また凶器となったナイフに付着した血液は健太のもので間違いなく、傷口と刃の形状も一致した。物証も自白も完璧だ。自首する際にわざわざ証拠のナイフを持参するなんて、捜査の要領も熟知していてすべてがスムーズだ。マスコミはこの事件を大きく取り上げている。秋山に対しては同情的な意見が多く寄せられているようだ。

車は南区にあるアパートに着いた。チャイムを鳴らすと、女性が出てくる。カーキ色のセーターにチェックのスカート。華奢で下がり気味の眉に父親の面影がある。

彼女は秋山成海。三十八歳。被害者の妹であり、加害者の娘でもある。

「マスコミの取材は落ち着きましたか」

葉月がそっと声をかけた。今日は彼女が主に話を聞くことになっている。

「困ったことがあれば、またおっしゃってください。話すこともおつらいでしょうね。ですが事実関係を明らかにしないといけませんので」

葉月のいたわるまなざしに、成海はうなずく。

「健太さんのことを聞かせてください。お兄さんはずいぶん前からご家族に暴力をふるっていたんですね」

開かれた唇が小さく震えていた。

「ええ、はい」

うつむいたまま、成海は語りはじめた。

「もともとはこうじゃなかったんです。子どもの頃は勉強もよくできて、父とも仲が良かったんです。でもリストラされてから、人が変わって」

ぽつぽつとではあるが、成海は話した。

「母はあざだらけになって。父はいい加減にしろって兄を止めようとしたんです。でも止められなかった。父も兄に一方的に殴られたんです」

健太はやりたい放題だったようだ。

「父は刑事で体も鍛えているし、力では兄もかなわないと思っていたのに。父は年老いて、いつの間にか二人の力は逆転していて。兄のことはもう誰にも止められない。兄は家の中で王様みたいになっていったんです」

王というか暴君だな。祐介はそう思った。

「母が亡くなった後、父は私に一人で暮らすようにって言ってくれて……。でも父と兄を二人だけにしておくんじゃなかった。私もいたら、こんなことにはならなかったかもしれない」

成海は両手で顔を覆った。

「長いこと、つらい思いをされていたんですね」

葉月は成海の肩にそっと手を置いた。

「仕方ないんです。家族ですから。ただ……」

言葉を待ったが、成海は何も言葉を返さずにうなだれた。

「ただ、どうしましたか」

「あ、いえ、何でもないんです」

成海は小さく首を横に振った。話しにくいこともあるだろう。傷ついている彼女に負担をかけないよう葉月は質問を変える。

「事件のあった時刻は朝の五時半くらいですが、お父さんは朝、いつも何時頃に起きていましたか」

成海はゆっくり顔を上げた。

「年をとると早く起きてしまうそうで。退職後は朝の散歩だけが楽しみだったんじゃないでしょうか。毎朝、五時前から一時間以上歩くんです。途中でファミレスに寄って朝食って感じで」

二人の会話を聞きながら、祐介は秋山に思いをはせていた。

彼は口にしていないが、犯行に至ったきっかけには、この成海のこともあったのかもしれない。もし自分が死んだあと、健太が事件を起こしたら成海はどうなるか。仮に父が兄を殺して犯罪者の娘となったとしても、加害者の家族として一生責められるよりはましではないか。そう考えた可能性もある。どちらにしても酷なことでしかないのだが……。

礼を言って別れ、悲しい聞き込みは終わった。

祐介は有村とともに、事件現場となった秋山宅へと戻った。

車が出ていくところだった。今のは真佐人。入れ違いになったようだ。

祐介は遺品を調べたが、健太はソーシャルゲームとエロ動画にしか興味を示さない人間だったようだ。特に不審な点はない。

健太は携帯電話すら持っていない。パソコンさえあれば十分だったのだろう。人はこれだけ孤独でも生きていけるものなのか。そんなことをふと思った。

ネットの掲示板にある健太の書きこみを見た。

そこにあったのは世を拗ね、努力を怠った人間の末路だ。これを見れば、息子を殺すしかないと秋山が思いこんでも仕方あるまい。こんな世の中、ぶち壊してやりたい。皆殺しにしてやりたい。そんな言葉であふれている。犯罪予告とみなされるような明確な記述もあった。四条河原町《しじようかわらまち》に車で突っ込んで人をひきまくるなど、これらの書き込みは、すでにワイドショーでも報道されている。

有村は、秋山の所持品や殺された健太の遺品について調べていた。眼の下にくまができていて、かなり疲れているように見える。そういえば以前、真佐人に忠告された。有村に気をつけろと。

「係長、大丈夫ですか」

「なんや」

「いえ、その……お疲れのようだったので」

言ってからすぐに藪蛇だったと気づいた。

有村は立ち上がると、きついまなざしでこちらを睨んだ。

「おい、とぼけんと言いたいことははっきり言え」

「すみません。知らないふりをしていましたが、係長は秋山富士夫の部下だったと聞きました」

「だからなんや？」

問いかけられて言葉に窮する。ショックだろうと気づかわれるのも、私情を挟まずに捜査できるのか心配されるのも、有村の性格からして心底嫌だろう。

「川上、その情報、どこで聞いた？」

「それは……あの」

「唐沢検事か」

うなずくこともできず、そのまま黙っていた。

「だろうな。他の奴にはばれていないのに、どこで知ったのかこの前、そのことを聞かれたからな。あのくそったれ」

舌打ちすると、有村は電話をかけた。相手は真佐人のようだ。すぐに現場へ戻ってきて欲しいと伝えていた。

やがて車が到着し、中から真佐人が降りてきた。

「呼び戻してすみませんね」

有村が声をかけた。真佐人は有村の後ろに祐介がいることに気づいても表情一つ変えずに、すぐに視線を有村へと戻す。

「いえ」

「どうしても今、あなたに聞いておきたいことがあったんです」

真佐人は黙ったまま、有村の言葉を待っている。

「いえね、あなたのことは若いのにたいしたもんだと思っていますよ。こんなことを言っては逆に失礼かもしれんが、よくやっている」

有村は半歩、真佐人に顔を近づけた。

「それで有村さん、何の用事ですか」

「川上に教えたでしょう。俺が秋山富士夫の元部下だって」

真佐人の視線が一瞬、こちらに向けられた。

「ひょっとしてそれは、俺が元上司に遠慮して取り調べが満足にできないかもしれないから気をつけろって意味ですか」

「まあ、そういうことです」

有村は険しいまなざしで真佐人を睨みつけた。

「余計なことや。この若造が！」

真佐人は顔色一つ変えることなく、涼やかな目元で有村を見つめ返している。二人の間の張りつめた空気にたじろぎ、祐介は口を挟めずにいた。

しばらく間をあけて、有村は口元だけを緩めた。

「すみませんね。口が悪くて。ただ言っておきたいんですよ。相手が誰であろうと、手加減なんて死んでもしないってね」

「そうですか」

「だから金輪際、そういう余計なことはしないでほしい」

「ええ、わかりました」

有村は真佐人から離れると、祐介の方を振り返る。

「もっと怒鳴ってやるつもりだった」

厳しい表情が緩み、ようやく有村は苦笑いを浮かべた。

「けどあいつ……あっさり認めやがった。しらを切るかと思ったのに調子が狂っちまった」

祐介にはわかる。あれが真佐人なのだ。

「なあ、川上」

「はい」

「俺は秋山さんの部下やった。あの人のことはずっと尊敬しとった。だから今回の件は本当にやりきれん。悔しさでいっぱいや」

祐介は黙って聞いていた。

「だが勘違いするなよ、そのことと仕事は別や」

きつい口調だった。

「この事件の肝は、息子を殺すことが本当にやむを得ん状況だったかどうかや。同情なんて挟む余地はない。きっちり聞き出したるわ」

「わかりました」

ふうと静かに息を吐きだす。この分なら、有村は秋山を他の被疑者よりも相当厳しく取り調べていくことだろう。

鼻息を荒くした有村が去っていくと、真佐人が祐介のところに近づいてきた。

「捜査状況を教えてくれ」

一方的な言い方にかちんときた。実の兄に対して他に言うことはないのか。こいつの方こそ身内と他人とで態度が違う。有村のことをとやかく言う資格はない。いや、もしかして……。

「真佐人、まさかここまで計算していたのか」

「何のことだ？」

「俺に秋山と有村係長の関係を伝えたらこうなるって」

真佐人はさあな、と答えた。

「ただ、取り調べに手心を加えてもらっては困るんでね」

やはりそうか。だとしたら祐介も一役買わされていたことになる。くそ。こいつの本心はいつもよくわからない。祐介は抵抗を感じつつ、これまで調べたことを全て話した。

「そうか、わかった」

聞くだけ聞いて、真佐人は去ろうとした。

「おい、お前の方こそ教えろよ。なんで何度もここへ足を運んでいる？　有村係長が手心を加えるも何も、そんな心配なんていらないくらい捜査はすんなり進んでいるだろ」

面倒くさげなため息が聞こえた。

「おかしいところがまったくないと感じているのか」

ない。そう言い切ろうとして祐介は口ごもる。真佐人がそんな言い方をするということは何かあるのか。だがそれを聞くのも癪に障る。

「アニキは秋山富士夫に同情しているのか」

「ああ？」

その思いは正直、否定できない。近い将来、重大な無差別殺人が起きていた可能性は十分にある。秋山の行為は英断と呼ぶことさえできる。刑事だったからこそ、息子に犯罪を起こさせてはならないという思いが人一倍強かったのかもしれない。

「心配すべきは有村よりアニキの方だったか」

「おい、どういう意味だ」

馬鹿にしたような笑みに、祐介はむきになった。

「おかしいと思わなかったのか」

「なに？　どこがおかしい」

「秋山の供述を思い出してみろ。ナイフで刺した時の状況だ」

祐介は秋山の供述にそって想像してみる。

秋山が寝込みを襲おうとして失敗。目覚めた健太と見つめ合ったあと、健太がナイフを取り上げようとして向かって来たところを刺したはずだ。

「刺されたのはどこだった」

「右わき腹だ」

「かすったんじゃなく、深く突き刺したんだろ？」

祐介はああ、とうなずいた。

「それだと秋山は左手で刺したことにならないか」

言われて想像してみる。そういえば、秋山は右手で刺すふりをしていた。右利きか。確かに向きあう格好で包丁を深く突き立てたとなると、右利きなら左わき腹に刺さる方が自然かもしれない。

いや、これだけではおかしいというほどのものではない。健太が逃げようと身をよじったのかもしれないし、とっさに利き手でない方で刺したのかもしれない。それにたとえ、その点がおかしいとしても、取り調べに何の支障《ししょう》があると言うんだ。息子を殺した、と素直に自白しているというのに。

「同情なんてすると、目が曇るぞ」

そう言い残して真佐人は去っていった。

3

その日、祐介は一人で秋山を取り調べることになった。

連れられてきた秋山は、パイプ椅子に結び付けられて、腰を下ろした。

祐介は黙秘権について告知すると、正面に座って秋山を見つめる。

「体調は大丈夫ですか」

心なしか痩せたように思えて問いかけた。秋山はすぐに答えず、細い目でじっとこちらを見ていた。

「もっと他に時間をかけて取り調べるべき相手がいるんじゃないか。私は伝えるべきことはもう伝えたはずだ。無駄に時間をとらせるのは申し訳ないよ。君たちも忙しいだろうに……」

「秋山さん、あなたにまだ聞いていないことがあります」

祐介は淡々とした口調で言う。

「あなたの利き手はどちらですか」

秋山はその問いに答えなかった。その代わりに右手をゆっくりと動かしている。これで答えているつもりなのだろうか。

「言葉に出して答えてもらえませんか」

せっつくような問いに、少しだけ秋山の頬が緩んだ。

「何かおかしいですか」

「いや、お前さん、ひょっとして誰かにこう言われたか？　有村は秋山富士夫の元部下だから手ぬるい調べをするかもしれないって」

図星を突かれて言葉を失った。元刑事とはいえ、こんなところまでどうして読めるんだ。

「右だ」

祐介はえっと言って顔を上げた。

「お前さんのさっきの質問に答えたんだ。利き手はどっちかって聞いただろ」

祐介が言葉を発する前に秋山がもう一度口を開いた。

「ただこの手、力が入らないのさ。昔、犯人を捕らえる時に負傷してからはな」

秋山の右手はぎこちない動きを見せた。

「怪我の後遺症ですか」

「名誉の負傷ならいいが、これは情けないことなんでな。私は銃を持った犯人を撃てたのに撃たなかったんだ。相手の命を奪ってしまうかもしれないことに一瞬怯んだのかもしれない。逆に撃たれてこんなざまだ」

かろうじて犯人は確保されたが、右手の指はまともに動かなくなったらしい。

俺は腰抜けだ、と秋山は情けない表情を浮かべた。撃つべきときには撃たなければいけない。その時の教訓が今になって秋山をつき動かしたのだろうか。

「お前さんは何を疑っているんだ？　私が利き手で刺そうと、そうでない手で刺そうと、息子を殺したことには変わりないのに」

右手の後遺症のことを疑うなら、医者に聞けばいいと秋山は続けた。

「なんでか知らんが、あの若い検事も同じことを聞いてきたな。あの検事は色々と細かいことを気にしていた。健太の部屋にマッチの入った瓶があったことについても詳しく聞かれたよ」

そういえば真佐人はマッチがあるのをじっと見ていた。

「単純なことだ。健太は最近まで石油ストーブを使っていたからだ。古いストーブでな、着火装置が壊れていて火を点けるにはマッチが必要だったのさ。いったい何を疑っているんだか……」

そう言ってから、秋山は親指をあごに当てた。

「だがその姿勢、私は好きだ」

「え?」

「どんなにわずかな可能性でも見逃さない。降伏している相手ですら徹底的に疑うっていうギラギラしたものを感じる。取り調べはそれくらいでないと、真実を見落してしまいかねないからな」

こちらの手の内をわかっているかのような口ぶりだ。まるでこちらが取り調べられているような感覚だった。

「お前さんらが何を疑っていようとかまわん。ただこれだけは言いたい……」

そう前置きしてから秋山は祐介をしっかりと見つめる。その目は潤んでいた。

「誰が実の息子を殺したいものか」

その一言が絞り出したようにこぼれた。

「……秋山さん」

「だが事が起こってからでは取り返しがつかない。私は身を切るような思いで健太を殺した。ああする以外になかったんだ。命をかけてもいい。この言葉に嘘はない」

祐介は言葉につまった。

こうして秋山と向かい合って感じるのは、殺すしかなかった状況と息子の健太への愛情だ。

本当は殺したくないのに愛するわが子に手をかけざるをえなかった。これ以外の真実がどこにあるというのだろう。

取り調べを終え、祐介は二条総合病院に向かった。

医師と会って秋山の右手について聞く。

「ああ、動きませんよ」

長い間、秋山の主治医だったらしく、その医師は秋山のカルテを見せながら丁寧に説明してくれた。秋山の右手は銃で撃たれたときに神経を損傷してしまい、ほとんど動かすことができないらしい。

「でも秋山さんは頑張ってリハビリされて、あれでもずいぶん動くようになった方なんですよ。それに動く方の左手で何でもできるようになりたいと努力して、今では利き腕と同じくらい上手にお箸を使ったり、ボールを投げたりできるんです」

すごい努力家ですよ、と医師は秋山を褒めていた。

「だからでしょうかね」

「はい？」

「いえ、秋山さんのことですよ。真面目で根を詰める方だから、一人で思い悩んでしまったのかなって」

祐介は言葉を返すことができず、礼を言うと病院を後にした。

ひっかかっていた部分はあっさり解消された。

真佐人、お前の考えすぎだ。

取り調べは順調に行われているのに、いちゃもんをつけてどうする。祐介は続けて別のところへ向かった。

二条総合病院から数分歩いたところに、二十四時間営業のファミレスがある。成海の話によると、秋山は朝の散歩のついでによく通っていたようだ。

「お忙しいところ、すみません。少しいいですか」

店長だという眼鏡をかけた男性に声をかける。警察だと身分を告げると、目をぱちくりさせた。

「この人のことでお聞きしたいことがありまして」

祐介は秋山の写真を提示した。

「ここによく来られていたと聞いたのですが」

店長は目を近づけて写真を見ると、あっと声を上げた。

「ええ、よく来てくれていました。なあ？」

女性店員もうなずいている。

「朝早く……私が出勤してすぐの時間だから五時から六時くらいに来てましたよ。一年くらい前から週に三、四回はね。あの……この人ってひょっとして秋山富士夫って人ですか」

逆に質問されて困ったが、これだけ大きく報道されているのだから、気づく者はすでに気づいているだろう。仕方なくええと答えた。

「やっぱり。僕もニュースで見てこの人に似てるって思ったんだよ。あれだけ来ていたのに最近、ご無沙汰だったからなあ……」

店長は納得したようにうなずいていた。

「ちょうどあの後、殺したんだ。怖いですねえ」

女性店員は震えるような仕草をした。

「あの後？」

「そうなんですよ。この人、事件のあった日の朝も見かけましたよ。その日の夕方にニュースを見て驚いたので間違いないです」

「時間はいつ頃ですか」

「いつもと同じくらいですよ。五時半くらいでした」

聞き間違いかと一瞬、耳を疑った。そんな馬鹿な。健太が殺されたのもそれくらいの時刻だ。解剖所見からも間違いない。それなのにその時刻にこの辺りで目撃されていた？

「私はいつも運動も兼ねて店まで歩いて来るんですが、その日はすごく寒かったから車で来たんです。裏手の道を走って店に向かう途中で、この人を見かけました」

「それは間違いなく、秋山さんでしたか」

問いかけると、女性店員はあごに手を当てた。

「はい。珍しくマスクしてましたけど、背格好と歩く時に右肩を下げる癖でわかりました」

「おいおい、本当かよ」

店長は半信半疑のようだが、女性は自信たっぷりだった。

どういうことだ。死亡推定時刻に多少の誤差があるとしてもここから秋山の家までは歩いて三十分以上はかかるだろう。犯行は不可能だ。

アリバイ。

すっとその言葉が浮かんだ。これまで考えもしなかったが、自首した犯人のアリバイが成立するとなるとこの事件、根本的にひっくり返ってしまう。

「あとね、あのお客さんがこの店によく来る理由が私にはわかるんです」

女性店員が言った。

「理由ですか」

「ええ、多分、野中《のなか》さん目あてだと」

店長は顔をしかめた。適当なこと言うなよと言いたげだ。しかし祐介は興味をもった。

「それは誰ですか」

「私と同じ店員で野中律子《りつこ》って年配の方がいるんです。あのお客さんが来る日って、野中さんのシフトが出勤になってる曜日と必ず一致しているから」

「そうだったか？」

店長の言葉に女性店員は間違いありませんと答えた。

「あのお客さん、私や店長にはむっつりしてほとんどしゃべらないのに、野中さんとは笑顔で会話するんですから」

祐介は野中律子という名前を書きとめた。

「その日も本当なら野中さんがいる日でした。でも私が前に風邪で休んだので、シフトを代わってもらっていたんです。あの人はきっと、野中さんが店にいるものだと思って近くまで来たけど、のぞいてみたら野中さんがいなくて代わりに私がいたから、中に入らずに帰っていったんだと思います。道で見かけたのにあの日は店に入ってきませんでしたから」

祐介は考えこんだ。

この口ぶり、その人物が秋山である可能性は高いのではないだろうか。この目撃情報は無視できるものではない。

店を出て電話したのは、有村のところだった。だがつながらない。代わりに真佐人に電話する。

「アニキか、どうした？」

「気になることがある」

ファミレスで聞いた目撃情報について話した。

「どう思う？　真佐人」

　これだと秋山にアリバイが存在してしまう。すぐに言葉は返ってこなかった。これはつまり……言いかけた言葉を真佐人が先に口にした。

「つまり真犯人がいるってことだ」

　真犯人。その言葉を祐介は心の中でくり返した。確かにその通りかもしれないが、わけがわからない。

「秋山はどうして自分が殺したと嘘をつくんだ」

　息子を殺されておきながら、自分が殺したと言うなんて。

「考えられることは一つしかない」

「どういう意味だ」

「わからないか。秋山は息子を殺した犯人をかばい、罪をかぶっているってことだ」

　祐介は、つばを飲み込む。

「秋山はいつもと同じように明け方、散歩に出ていた。まさか自分が外出している間に息子が殺されているとは思いもしないで……」

　祐介は黙ったまま、スマホを耳にあてていた。

「秋山はその日、ファミレスに入っていない。だから誰かに見られているなんて思わず、嘘をついてもばれないと踏んだんだろう」

確かにそう考えるのが自然だ。

「だとしたら犯人は……」

途中で言葉がとぎれた。秋山が外出している時を狙って家の中へ侵入することができ、健太がいなくなることで利益のある人物、しかも秋山がその罪を背負ってまでかばいたい相手……そんな人物などごく限られている。いや、まさか。思い浮かんだ女性の顔を打ち消そうとするが、頭から離れない。

「俺がもう一度、秋山から聞き出す」

真佐人は自信ありげに言った。だがこの推理はすべて、ファミレスの女性店員の目撃情報が正しいと仮定してのものだ。見かけた秋山はマスクをしていたというし、近くまで来ておきながら店には入っていない。単純に人違いだった可能性もまだある。

通話を切ると同時に連絡が入った。葉月からだ。

「はい」

「川上くん、すぐに戻ってきて」

どうしたのだろう。葉月の声は珍しく慌てていた。

「秋山が逃走したのよ！」

激しい衝撃に、祐介は大きく目を開けた。そんな馬鹿な。あんなにおとなしく取り調べに応じていたのに。わけがわからない。

すぐ行きますと言って電話を切った。

4

太秦署は案の定、大混乱だった。

どうやら弁護士との接見直後に逃走したらしい。だが簡単にできることではない。自殺についてはどの被疑者でもありうる話なので十分に警戒していたが、まさか元刑事が逃走するなんてまったくの予想外だった。

若い警官がうなだれている。秋山に首を締め落とされ、逃走を許してしまったらしい。隣には安田署長の顔もあった。こちらはさらにひどい。この世の終わりだとばかりに蒼白となっている。

有村の姿を見つけた。

「係長、実は……」

祐介は秋山のアリバイについて報告する。

「そうか、わかった。だが本人がいなくなってはどうしようもない。とにかく一刻も早く、身柄の確保だ」

有村は思ったよりも冷静だった。

どうやら逃走を許したのは油断していたという人的要因だけでなく、太秦署の設備にも問題があったからのようだ。秋山はガラス窓の古い鍵を壊して逃げていったらしい。建物の構造も熟知している彼だからこそ、この逃走は成功したのだろう。

安田署長は絶望の中、府警本部に連絡。すぐに京都市内だけでなく他県にもわたって緊急配備検問がしかれた。祐介も秋山の確保に全力を尽くすよう指示を受けた。

さっそく捜索に出ようとしていると、壁際で実桜がうなだれているのが目に入った。そういえば彼女が秋山の弁護人だったか。

「大変なことになったな」

声をかけると、力なく実桜は顔を上げた。

「ああ、川上さん……」

今にも泣き出しそうな表情だった。

「すみません。ウチのせいや」

彼女が言うには接見が終わって退去する際に、警官に声をかけずに外に出てしまった。その一瞬の隙をついて秋山は油断した警官を締め落とし、逃走したという。

何をやっているんだと責めたいところだが、その言葉は呑み込んだ。自分も含め、きっと全員が油断していた。八十近い老人、元同業者であるという安心感。今さらおかしなことはしないだろう。誰もがそう思っていたことが今回の事態を招いてしまったのだ。

「教えてくれ。秋山におかしなそぶりはあったのか」

最後に話をしていたのは彼女だ。何か情報は得られないか。

「……死なせて欲しいと言うてはりました」

自殺したいと考えていたのか。

「弁護人は被疑者の権利を守ることが仕事です。そやけど死にたいって言われた場合、どうすればええんやろって思いながら接見してました」

「それ以外に変わったことは？」

「ええと、ちょっと待って」

実桜は必死で記憶をたどっていた。何かないのか。こちらが危惧しているのは事実の隠滅だ。もし秋山のアリバイが本当に成立するなら、健太を殺した本当の犯人は誰なのか。秋山が罪をかぶったまま自殺してしまえば、全ては謎のままになってしまう。

「そやな……あとは少し前、面会に来てた人がいたことくらい」

「面会人？」

くり返すと、実桜は大きくうなずいた。

「女の人やった」

誰だろう。娘の成海だろうか。

ありがとうと慰めるように言って離れた。

さてと。こうしてはいられない。一分一秒の遅れが秋山の生死を決めるかもしれない。駐車場に向かうと、葉月が待っていた。

「まずは秋山成海のところね」

「ええ、そうです」

すぐに車を出した。

木枯らしの中、車は堀川通を進んだ。

パトカーの数がいつもより多い。検問所が既にあちこちにできていた。木枯らしの吹く並木道を抜けて秋山の娘、成海のアパートへと向かう。

ここに秋山がかくまわれている可能性もある。警戒しながらチャイムを鳴らすとロックが外れ、成海が姿を見せた。

「突然すみませんが、少しお聞きしたいことがありまして」

葉月が体を前のめりにしながら言う。

「中へ上がらせていただけないでしょうか」

「え、はあ」

祐介と葉月はさりげなく周りに気を配りながら、中へ入る。

ローテーブルの前に座ると、前置きもなく祐介はすぐに本題へ入った。

「実は大変なことになりまして」

「お父さんから連絡はありませんか」

秋山が逃走したことを告げると、成海は卒倒しかけた。

口元に両手を当てたまま、成海は首を横に振った。

「まさか、ここには来ていませんよね」

「はい」

成海は震えながら答えた。

「言いにくいことですが、秋山さんは自殺を考えているのかもしれません」

「そんな……」

祐介は部屋を見渡した。女性の部屋とは思えないくらいこざっぱりしていて、棚には福祉関係の本が並んでいる。ふと机の上を見るとペン立てがあった。ハサミが入っているが、刃の合わせ方が通常のハサミとは逆になっている。左利き用……か。犯人が左利きであるという確証などないが、どうしても疑いが生じてしまう。

一方、ローチェストの上には写真が飾られている。成海が男性と仲良く並んで写っている。成海は独身のはずだから、つきあっている相手だろうか。年齢は四十代前半くらいだろう。眼鏡をかけていて優しそうな顔をしている。

「お父さんに、会いに行かれましたか」

祐介の問いに成海はうなずいた。

「それは、ええ。逮捕されてから何度か」

「どんなことを話されましたか」

成海はうつむきながら首を横に振った。

「そうですね……体調のこととか、気温のこととか」

事件のことについては、何も聞けなかったと成海は話した。

「お父さんが行きそうな場所は思い当たりませんか」

「わかりません」

押し問答のようなやり取りが続いた。駄目だな。時間だけが過ぎていく。

「もしお父さんから連絡があったら、すぐに教えてください」

言い残して祐介たちは成海のアパートを早々に出た。

車に乗りこむ。

「あの様子だと、連絡を受けたり、かくまったりしてる様子はなさそうね」

葉月の言葉に、祐介はゆっくりうなずく。

「俺もそう思います。でもこれから接触してくるかもしれない」

「ええ」

アパートの近くには、張り込んでいる警察官の姿が見える。

「秋山が姿を見せれば確保できるでしょう。自殺する前に娘に会いに来る、とすればですが」

「手分けしましょう」

秋山の居場所の手がかりはゼロ。関係者を順に当たっていくしかない。

祐介はまず太秦署に電話した。

確認したいことがある。実桜が話していた面会人のことだ。記録を調べてもらうと、事件後、秋山に面会したのは二人だけだったという。一人は秋山の娘、成海だ。もう一人は、野中律子という女性だった。

すぐに思い出す。秋山がよく行っていたファミレスの店員で、秋山が目あてにしていたという女性だ。面会に来るほど、深い仲だったのか。

祐介はファミレスへと車を走らせた。移動中、公園や茂みを捜索する警察官の姿が目に入った。この非常事態に誰もが驚いて動いている。成海が秋山に会いに来るのは自然だ。だが野中律子。彼女が会いに来るのはどう考えてもおかしい。たいして親しくもない人間が、わざわざ殺人を犯した秋山に会いに来るだろうか。

ファミレスにはすぐに着いた。

「すみません。よろしいですか」

祐介が再びやって来たので、店長たちは何ごとかと驚いていた。

「野中律子さんはおられますか」

「あ、ええ。少しお待ちくださいね」

待つ間、祐介は以前話を聞いた女性店員に質問する。野中が右利きか左利きかというものだ。彼女は面食らっていたが教えてくれた。

「左です。字を書くのもお箸を使うのもそうでした」

祐介はありがとうと礼を言った。野中も……か。

やがて店長の代わりに、小柄な女性が出てきた。五十代前半というところだろうか。後ろで束ねた髪には白いものが目立つが、鼻筋が通っていて上品な感じの女性だった。

「野中さんですね。少しよろしいですか」

「え、あ、はい」

か細い声だった。祐介が事情を聞く。

「秋山富士夫さんについてお聞きしたいんです」

事件のことはご存知ですよねと問うと、野中は小さくうなずいた。

「あなたは面会に来られていましたよね」

「それは、はい」

「失礼ですが、野中さん、あなたと秋山さんはどういう関係ですか？　店の常連客だったことは店員に聞きました。あなたが目的でファミレスに来ていたと」

「……私が目的？」

野中は目を瞬かせ、驚いたように首を横に振った。

「そんな……もともと秋山さんとは知り合いだったんです」

「そうなんですか」

思わぬ答えだった。

「ええ、私の父はこの近くにある一条総合病院にずっと入院しているんです。一年ほど前、秋山さんは父と相部屋で入院されていました。その縁で知り合ったんです」

それは思いもしないことだった。

どこかさみしそうな顔で野中は語った。

「秋山さんとは色々と話しました。それで私が勤めているこのお店のことを話すと来てくれるようになって……」

そういうことだったのか。野中と秋山の関係は邪推するようなものではなかったのかもしれない。

「息子の健太さんのことは話していましたか」

「はい。秋山さんも落ちこんでおられたようで。娘さんの結婚が息子さんのことで破談になってしまったって」

それは初めて聞く情報だった。

さっき成海のアパートを訪ねた際、ツーショット写真が飾ってあった。あれがきっとその元婚約者だ。今も忘れられずに、ああして飾っているのか。

もしかするとこの事件の真相は、結婚が破談になったショックと怒りで成海が兄を殺してしまったということなのか。

「ご協力、ありがとうございました」

礼を言ってファミレスを後にした。


薄暗くなってきた。

あれから念のために太秦署に戻り、野中の面会に立ち会った警察官に確認をとった。彼によると、野中と秋山は体調のことや、彼女の父親のことなど、さっき事情を聞いた程度のこと以外は何も話していないらしい。おかしい様子があれば覚えているという。野中の話を思い出す。一か所だけ、気になることはあった。成海の結婚が破談になったことだ。

祐介はもう一度、成海のアパートに向かった。

健太を殺したのは成海であり、秋山は娘をかばって自首した……やはりこう考えるのが一番自然に思える。

ただ解せないのは秋山の取り調べでの態度だ。

愛する息子を殺したくないのに殺すしかないという苦悩にあふれていた。あれが娘をかばうための演技だろうか。何度思い返しても、秋山が嘘をついているようには思えない。

成海のアパート前に戻ってきた。近くの車で張り込んでいる警察官に話を聞く。

「どうです？　何か動きは」

「ダメですね。まったく何も変化はありません」

少し遅れて、葉月も戻ってきた。成海から聞いた遠縁の親戚のところへも行ってみたが、収穫ゼロらしい。

「俺、もう一度、彼女のところへ行ってみます」

「川上くん、どうするつもり？」

「正面突破です」

躊躇している暇はない。こうしているうちに秋山が自殺するかもしれないのだ。

祐介は葉月とともに再度成海のアパートに乗りこむ。すぐさまチェストの上の写真立てを手に訊ねた。

「失礼ですが、あなたと一緒に写っているこの方は？」

葉月が隣で突然何を言い出すのかという顔をした。成海はおずおずと口を開いた。

「岩田仁孝《いわたよしたか》さん。私が婚約している方です」

「……している？」

現在進行形ということは、今も続いているということか。

「実は兄のことで一度、別れることになったんです。でも戻ってきてくれて。そんな時、父が兄を殺して……今度こそもう終わりだと思いました。でも何があっても君を支えていくから……そう彼が言ってくれて」

葉月は感動したようにうなずいた。

「素敵な彼ですね」

「ええ、本当にいい方です。だから迷惑をかけてしまうようで逆につらくて」

成海は再びうなだれた。兄が迷惑をかけてしまうのを恐れて殺した、という線もありうる。だが彼女を見ていると、兄を殺すなんてとても想像できない。

「聞きにくいことですが……」

祐介が切り出すと、はいと言って成海は顔を上げた。

「あなたはお兄さんのことをどう思っていましたか」

成海は口を閉ざしたままだ。

「あなたの結婚のことをお兄さんは知っていましたか」

どうしたのだろう。今までとは違ってどこか言いづらそうに見える。

「あなたはお兄さんに長い間、つらい思いをさせられていましたね」

「それは……ええ」

「結婚を控え、お兄さんがいなければいいのに、そう思ったことはありませんか」

成海は口を閉ざしたまま、下を向いた。質問の意図を察したようで、葉月が心配そうに祐介の方を向く。祐介は問いへの答えを待った。

しばらくして成海は首を左右に振った。

「ない、と言ったら嘘になります。家族だからって赦せるものじゃない。私も父も母もずっと兄に振り回されてつらい思いをしてきました。兄さえいなければって何度思ったかわかりません」

成海はゆっくりと顔を上げた。

「でも父が兄を殺してしまうなんて……。こんなこと、酷すぎる。もっと別の道があったはずなのに」

すすり泣くような成海の言葉を最後に、室内から言葉が消えた。

それは初めて成海が家族について語った本音に思えた。成海が健太を殺した真犯人で、秋山は彼女をかばっている――。少しでもその可能性を考えた自分が恥ずかしく思えた。

礼を言ってアパートを後にする。

「すごい人だと思わない？」

葉月がつぶやいた。祐介は意味がわからず、そちらを向く。

「岩田さんっていう成海さんの婚約者よ。普通、こんなことがあったら別れるでしょ？　成海さん大変だろうけど、支えてくれる彼がいるからきっと大丈夫よ」

「そうですね」

確かになかなかできることではない。そんな理解のあるいい人がいるのなら、成海は健太を殺す必要などない。

葉月とはアパート前で別れた。

くそとつぶやいて車に向かった。成海は事件とは無関係だ。だがそれなら誰が健太を殺したのかと言われれば、他に候補はいない。

スマホを取り出す。真佐人からは連絡がない。あいつも秋山が逃走したことは知っているはず。何かわかればすぐに連絡してくるはずだ。きっと真佐人にも秋山の居場所は、皆目見当がつかないのだ。

鼻の頭に冷たい何かが触れる。顔を上げると、粉雪が舞っていた。

5

初雪に思いをはせている暇はなかった。

すっかり暗くなったが、時間はただ無為に流れていった。

ファミレスの近辺にも再び行ってみたが、秋山の影も形もなかった。成海のところには相変わらず連絡がないようだ。無線にも今のところ有力な情報は入っていない。まったくの五里霧中。秋山はどこへ消えた？　何か目的があっての逃走なら見つけ出すことも可能かもしれない。しかし自殺しようと思っている人間をどうやって探し出せばいいのだろう。

何か手がかりはないかと秋山の自宅に行く。

地域課の警官が張り込んでいて、挨拶を交わした。ちょうど今、真佐人も来ているという。きっとあいつもまるでわからないのだ。

居間に向かうと、真佐人がソファーに腰かけて何かを見ていた。

古いノートだった。きっと秋山の行き場所のヒントを探しているのだろう。

「見るか」

手渡され、祐介はぱらぱらとめくる。文章は子どもの字と大人の字で交互につづられている。

――健太へ。私立中学合格おめでとう。よく頑張ったな。難しいと思っていたのにたいしたものだ。受験が終わったらゆっくりキャッチボールしようと約束したのにやれなくなってすまん。父さんの手が治ったらまたやろう。

父

秋山が健太に向けて書いたもののようだ。
なるほど。仕事が忙しい秋山が、息子の健太とコミュニケーションをとるために書いたものなのだろう。いい父親じゃないか。それにこのノートを今も大事にとってあるなんて、秋山の息子への思いの強さがよくわかる。

――お父さんへ。絶対合格するって約束だったからね。キャッチボールのことはしかたないよ、気にしないで。お父さんは悪いヤツを捕まえようとしたんだ。あせらず治してね。

健太

秋山が拳銃で撃たれた時のやりとりのようだ。

この親子が三十数年後、あんな悲劇に見舞われるとは誰も思わなかっただろう。

アルバムもあった。祐介ものぞき見る。そこには若き日の秋山とまだ小さい健太の姿があった。本部長賞をもらったときの写真のようだ。健太は父の帽子をかぶり敬礼している。息子を見る秋山の表情は、愛おしげだった。

祐介は思わず目を閉じた。記憶が一気によみがえる。

俺たちと同じじゃないか。

小さい頃、父のことが誇りだった。父が表彰され、仲間の警官から褒められているのを見て、自慢に思ったものだ。敬礼のやり方も教えてもらった。みようみまねでやってみたが、左手じゃ駄目だと父は言った。

「しっかりと上にあげて手のひらはやや下に」

真佐人も同じことを思い出していたようだ。

「右手で敬礼するのは、武器をもたないことを示すため、だろ?」

だったら左利きの人は左手で敬礼しないと変だよ。あのとき真佐人はそう言った。子どもの頃から理屈っぽい奴だった。親父が苦笑いしたことも覚えている。

「俺たちは刑事になると約束した」

祐介が言うと、真佐人は首を横に振った。

「俺は刑事になるなんて約束していない。アニキだけだ」

「そうだったか」

「ああ、悪い奴を捕まえるとは言ったが」

細かい奴だ。だが内心、うれしかった。それは真佐人があの日の父との約束を覚えていて、それをちゃんと守っているという意味でもあるからだ。

しばらく事件のことで情報交換をしてから、祐介は切り出した。

「真佐人、お前は犯人が秋山成海だと思っているのか」

「断定はできない。だが関係している可能性が一番高いとは思う」

真佐人は立ち上がった。

「見ず知らずの他人が犯人だったという可能性はありうるか」

祐介は首をゆっくり左右に振った。

「ない。息子を殺したいと思っていたところに、そんな都合よく殺人事件が起こるはずがない。それに、代わりに秋山が自首するのは不自然だ」

誰かが秋山家に強引に入った形跡もない。

真佐人はそうだなとうなずいた。

「息子を殺した犯人は、秋山がもともと知っている人物である。じゃあ、共犯の可能性はあるか」

「共犯？　それはないだろ」

祐介は即答した。秋山は犯行時刻に外で目撃されている。一緒に殺すことはできない。

「秋山が息子を殺すのを誰かに依頼した可能性はないか」

真佐人は言った。なるほど、そういう形での共犯か。

「そんなこと、ありえないんじゃないか。あの秋山が誰かにそんなことを頼むとは思えない。秋山は今でも健太を愛している」

「愛しているからこそだ」

その一言に祐介は口を閉ざした。

「秋山は自分の手で愛する息子を殺せない。だから誰かに頼んで殺してもらった。秋山が外に出ていたのは、いつものように散歩に出ていたのではなく、自分の息子が殺されるのを見たくなかったから。そう考えることもできる」

確かに一応の筋は通っている。

「あるいは外出したのはアリバイ作りだったのかもしれん」

「そんな馬鹿な。あの日、ファミレスの店員に見られていたのはたまたまだ。アリバイを作るためなら店の中へ入るだろう。だいたいこれから自首しようとしている人間がアリバイ作りだなんて意味不明すぎる」

「アリバイを作ろうとした後で罪の意識にかられて自首したってことはないか」

まったくのゼロではないが、そこまで考える必要があるのか。

「だいたい誰が頼まれて殺人なんて犯すんだ。そいつにどんなメリットがある」

「さっきアニキが言っていた岩田という成海の婚約者ならあり得る。彼女と結婚する障害を排除できるから」

祐介ははっとした。それはあるかもしれない。だが真佐人は首を横に振った。

「まあ、可能性は低いな。秋山の性格からして婚約者に頼むくらいなら、自分で殺すだろう」

その通りだと祐介も思った。岩田という男は気になるが、そこまでするだろうか。

「後は金で依頼した可能性だが……」

「真佐人、お前」

冗談で言っているのだろうか。だが真佐人の真剣なまなざしに笑うことはできなかった。

「それもない。秋山家の金の動きも調べたが怪しい流れはない」

そんなところまで確認していたのか。そうか。少しわかってきた。こいつは常に、どんなに低い可能性でも排除しないで思考をめぐらせているのだ。今さらではあるが、真佐人の強みが理解できる気がした。

「そうなると健太を殺すメリットがあり、秋山が散歩に出ている隙を狙って家に侵入でき、なおかつ秋山がその罪をかばうような人物」

「秋山成海は犯人じゃない」

先回りするように、祐介は感情をこめて言った。

「俺は彼女が兄を殺すなんてとても思えない。さっきも彼女と会って話を聞いてきたが、そんな人じゃない」

しばらく沈黙が流れた。

真佐人は立ち上がると、そろそろ行くと言ってコートを羽織った。

「アニキは決めつけすぎだ」

真佐人はこっちを指さした。

「感情に任せて勘で動くと失敗するぞ。決めつけるな」

言い残して背を向ける。

頭に一気に血が上った。祐介は後ろから真佐人の肩をつかむ。

「お前こそ、そうだろ？　自分がいつも正しいと決めつけている。俺と違うのは感情を表に出さないところだけだ」

「なんだと？」

「この際だから聞いてやる。お前は親父のことをどう思っているんだ？　あのとき、西島の病室に来ていただろ」

本心をさらけ出して見ろ。わかっている。お前の心にだって俺に負けないくらい激しい感情が渦を巻いているはずだ。

二人はそのままにらみ合っていたが、やがて真佐人は祐介の手を払いのけた。

「アニキは誤解している」

「誤解？」

「俺は秋山成海が犯人だと決めつけてはいない。今わかっている情報の中で論理的に考えるなら、可能性が一番高いというだけだ」

父のことに対する答えはなかった。まあ、今はこの事件に集中しなければいけない。もう一度頭を冷やして考えよう。

真佐人はもう一度、口を開いた。

「一つだけ、引っかかるところがある」

「なんだ？」

「秋山の逃亡理由だ」

自殺するために逃亡した。実桜の話からそうだとばかり思っていたが、違うのだろうか。

「秋山が逃亡したのは、俺たちがアリバイに気づいたタイミングとほぼ同時だった。だからアリバイに気づかれたので真実を隠そうとするために逃げたようにも思えた。しかし秋山はきっと自分にアリバイがあることに気づいてはいない。逃亡すればかえっておかしいと思われかねないのに、どうして逃亡した？　理屈に合わないんだ」

再び背を向けて、真佐人は去って行った。

確かにあいつの言うとおりだ。秋山の行動原理が真犯人を守るためだとするなら、逃亡は理にかなっていない。

じゃあ何のために？　どこへ行った？

目的もなくただ逃げるなど、元刑事がするはずもない。誰かに会う？　何かを伝える？　見当もつかないがそれはきっと秋山にとってすべてを捨ててまでやり遂げるべきものだったのだろう。

何かヒントはないだろうか。祐介は古いノートに視線を落とす。

――健太、ようやく左手で投げられるようになってきたよ。もう少しでキャッチボールできそうだ。　　父

ページをめくる手が止まった。

そういえば前に医師が言っていた。秋山は動かない右手の代わりに、練習して左手で投げることができるようになったと。あれは息子とのキャッチボールの約束を果たそうとしていたからだったのか。秋山という人物は本当に真面目な男だったようだ。しかし、あとのページにキャッチボールがなされた記述はない。中学に入ってから自然消滅のような形で白紙になっている。

「約束……か」

そういえば真佐人は秋山の逃亡理由について気にしていた。ひょっとして秋山は約束を果たすため、逃亡したのではないか。

真佐人が言っていた言葉が次々と浮かんでいる。何かが見えそうで見えない。だがふっと、目の前が白くなった。

祐介はわしづかみするように口元を押さえた。指先が震えている。こんなことが……だとしたらすべてが根本的にくつがえっていく。細い糸を静かにたぐると、一つの可能性が見えてきた。いや、それは可能性じゃない。十分にあり得ることだ。マッチ棒の入った瓶にも意味があった。あれはひょっとしてこういうことだったのか。

そうなると、秋山が向かった先は……。

大きくうなずくと、車に戻る。アクセルペダルを踏みこんだ。

6

間にあうか、どうか。

そんなことなど思考から消え失せていた。とにかく急がなくてはいけない。有村にはスマホで伝えたが、おそらく先に着くのはこちらの方だ。一方、真佐人には電話がまだつながらない。この推理が正しいかどうかは重要じゃない。間違っていればそれだけのこと。止めることができるかもしれない。それがすべてだ。

この前来たばかりだから道は覚えている。確かこっちだ。そう思い、右にハンドルを切る。

スマホに着信があった。葉月からだ。祐介は車を停めてすぐに出る。

「川上くん、見つかったかもしれないわ」

「えっ、秋山がですか」

「ううん、まだわからないけど、マンションで変死体が発見されたの。飛び降り自殺みたい。しかも七十代くらいの老人だって」

一瞬で顔が青ざめた。まさか……。

「損傷がひどいようで、今のところ身元はまだわからないわ。でもこんな状況だからみんな、秋山じゃないかって言ってる」

わかりましたと言って通話を切った。

くそ、自殺してしまったのか。いや、それが秋山だとは限らない。今はとにかく突き進むしかない。

着いたのは病院だった。

受付で警察手帳を見せて通してもらうと、エレベーターのボタンを押す。だがなかなか降りて来ないので待ちきれず、階段を駆け上がった。

ナースステーションで話を聞き、カルテを確認してもらった。病室の引き戸をゆっくりと開けると、部屋の中は薄暗かった。ベッドで眠る人物がいる。人工呼吸器がつながれていて、わずかに胸が上下しているのが確認できた。全くの思い過ごしかもしれない。だがもし、この考えが当たっていたら……。

ポケットの中のスマホが振動する。表示は葉月だ。いったん部屋の外へ出る。

「はい、もしもし」

「さっきの変死体、秋山さんとは別人だったわ」

ふうと息を吐きだした。そうだろう。亡くなっている人がいるのに不謹慎だが、秋山でないことに安堵してしまった。今は自分の勘を信じたい。

通話を切ると、スマホをじっと見つめた。

真佐人、お前はどう思う？

俺には今、ある答えが見えている。最初はあり得ないことだと思ったが、今はむしろ、これ以外ないくらいに確信している。ここまでこられたのはお前のおかげだ。そうだ。すべては約束。秋山はただ約束を守るためだけに残り少ない生を生きている。

それから十分ほどが過ぎたとき、小さく足音が聞こえた。

誰かがやって来る。祐介はカーテンの陰に身を隠した。

人影は病室の引き戸に手をかけて中に入ってきた。紙袋が揺れている。しばらくじっとしていたが、やがてベッドで眠る人物の方へ近づいた。

その手が人工呼吸器のチューブに伸びた瞬間、祐介は手にしていた懐中電灯で照らした。

「何をしている」

声をかけると、そこには見覚えのある老人が立っていた。まぶしそうに目を細めている。

「やはりあなたでしたか」

秋山富士夫がそこにいた。どこか冷めたようにこちらを見つめている。

「お前さんか」

目を離すことなく、祐介はにじり寄った。徐々に距離をつぶしていく。

「秋山さん、あなたの考えはすべてわかっています」

あと一歩で飛びかかれる。そんな距離まで来た時、長年の経験がなせる業なのか、絶妙な間合いを取って秋山は後ずさりした。祐介の目を見たまま、後ろの窓のロックを外そうとしているが、うまくいかない様子だ。

「おとなしく逮捕されてください」

祐介の言葉に、秋山の頰が少しこわばる。

そうだなとつぶやいた瞬間、窓のロックが外れた。

秋山は背を向ける。窓からベランダに逃げるつもりだ。させるか。祐介は背中に飛びつくと剝がすようにして体を地面に投げつけた。あっけなく倒れた秋山に飛びかかる。

かつては刑事として名をはせた男だが、すでに八十近い老人であり、病人だ。相手になるはずもない。だがそう思った瞬間、何かが頰をかすめた。

秋山は折り畳み式ナイフを、こちらに向けていた。

「すまんな。まだ捕まるわけにはいかないんだよ」

「秋山さん、もういいんです、俺にはすべてわかっている」

「お前に何がわかる？」

秋山は肩で息をしている。どうする？　このまま強引に取り押さえることもできるだろうが、万が一がないとは言えない。それに怖いのはこちらがやられることではない。秋山がそのナイフを自分に突き立てることだ。

「わかるものか。息子を殺した私の気持ちなど」

「いいえ、わかっています」

「言ってみろ。本当にわかっているなら私の気持ちを」

祐介は肩口で汗をぬぐう。さっきナイフで切れたようで、頬から血が滴っている。だが痛みなど感じない。秋山さん、と呼びかけた。

「あなたが身を切るような思いで、息子さんを殺そうと決意したことは事実です」

「………」

「それでも、あなたは殺していない」

秋山は瞬きを忘れたように立ち尽くしていた。

「本気で言っているのか」

「ええ、わかっています。あなたが逃走したのは、約束を果たすためなんです」

「どういう意味だ」

「あなたは健太さんを愛していた。それがすべての謎を解く鍵です」

祐介が半歩にじり寄ると、秋山も半歩後ずさりした。

「あなたは息子を殺人犯にするわけにはいけないと決意しつつも、愛する息子を手にかけることができない……ずっとそのはざまで揺れていたんだ」

秋山のまなざしがさらに厳しくなった。

「そんな中、同じ苦しみでもがいている人に出会いました」

祐介も負けないほど秋山をしっかりと見つめる。

「野中律子さんです。彼女のお父さんはここで延命措置を受けている。もしかするとお父さんは死なせてくれと倒れる前に野中さんに言っていたのかもしれません。あなたとは立場は違いますが、愛している人を殺さなくてはならない。でもその最後の一線が越えられない。そんな状況でずっと苦しんでいたのではないですか」

「何が言いたい？」

「あなたたちは約束したということです。野中さんが健太さんを殺す代わりに、あなたは野中さんのお父さんを殺すと」

交換殺人。この推理を突きつけられた秋山は、身じろぎもせずこちらを見つめていた。だがナイフを握るその手はかすかに震えている。

「秋山さん、あなたは事件の日の朝、ファミレスの店員に目撃されているんです。

つまりあなたのアリバイは成立している。健太さんを殺したのはあなたじゃない」

祐介はじっと秋山を見つめた。

「俺はあなたがいつものように散歩に行ったところを目撃されたと思いこんでいた。でもそうじゃなかった。この二条総合病院に来て、野中さんのお父さんを殺そうとしてたんです。そう、今まさにあなたがしようとしたことだ」

秋山の眉間にしわが寄った。その反応はイエスと言っていた。

「あの日、あなたは約束どおり呼吸器を外し、野中さんのお父さんを殺したつもりだったんです。ですが看護師がすぐに気づいて対処したおかげで野中さんのお父さんは無事だった。あなたは自首したあと、面会に来た野中さんから彼女の父が生きていることを聞いた。交換殺人の約束は果たされていなかった。だから逃走し、その約束を果たしに来たんです」

この事件の真相に気づけたのは、あのノートと真佐人のおかげだ。

ノートを見て、秋山という人物はどんなことがあろうと、約束を守る人物だと思った。そして脳裏には真佐人の言葉があった。秋山が逃亡した理由が大事だという。秋山は何か約束を果たすために逃亡したのではないか……そう思った。

共犯の可能性や秋山が息子を愛するがゆえに自分で殺せないこと、外出した理由が他にあった可能性……真佐人と話しあったことが自分に大きなヒントを与えてくれた。愛するがゆえに自分で殺せない。だがもしもう一人、同じ思いを持つ者がいたら？　その二人が互いに成しとげたいことを交換する約束をしたとしたら……。

交換殺人の可能性が浮かんでからは早かった。野中律子の父のこと、ファミレスとこの病院が近いことに思いいたった。

しばらく間があって、秋山の唇が開かれた。

「よくわかったな」

祐介は大きくうなずく。

「秋山さん、認めるんですね」

「ああ、私が野中さんのお父さんを殺し、野中さんが健太を殺す。そう約束した」

冷めた目のまま、秋山は犯行を認めた。

「本当はどちらも事故に見せかけるつもりだった。健太はナイフで刺すのではなく、石油ストーブの事故で死んだことにするはずだった。健太のストーブは壊れていて、点けっぱなしにすれば一酸化炭素中毒で死ぬ。だが着火装置が壊れていて着火しなかったそうだ」

なるほど。交換殺人を実行するにしても、刺し殺すのと呼吸器外しでは負担が違い過ぎると思ったが、それなら納得がいく。

秋山は野中から聞いたことを語った。直接マッチで着火しようとストーブのガードを外し、燃焼筒を持ち上げた時、ガタンと大きな音がして健太は目覚めたようだ。パニックになった彼女は部屋にあったククリナイフで健太を刺して殺してしまったらしい。後でその事実を知った秋山は、ナイフを持って自首することにしたそうだ。

「まさかファミレスの店員に見られているとは思わなかった。道を変えて変装したつもりだったんだがな」

誤算がいくつもあったようだ。

だが一番大きな誤算は野中の父が生きていたことだろう。

「秋山さん、あなたは野中さんのお父さんを殺したつもりだった。だが野中さんが面会に来た時、それは失敗に終わったことを知った。きっと、野中さんはあなたを責めたわけではないでしょう。だが野中さんに息子を殺させておいて自分は約束を果たせていない。その事実だけで逃亡する理由には十分だった」

秋山は野中の父を殺すという約束を果たした後、自殺するつもりなのだ。野中の罪も全部引き受けて一人で死のうとしている——。そう指摘すると、秋山は唇を噛んだ。

その沈黙は十分すぎるほどのイエスだった。

やがて秋山は深い息をすると、悲しい顔を見せた。

「私の気持ちがわかるのなら、見逃してくれないか」

思わぬ申し出に一瞬、声が詰まった。

「馬鹿な、あなたを逃がすわけにはいかない」

「私のことじゃない。野中さんのことだ。私はこのまま君に逮捕されよう」

「……秋山さん」

「野中さんはお父さんのことでずっと苦しんできた。お父さんは死なせて欲しいと言っていたのに、彼女は延命治療を選んでしまったらしい。もう七年にもなるようだ。彼女には幸せになって欲しい。これ以上、苦しめたくない」

「ふざけるな！」

祐介は怒鳴った。

「殺人犯を見逃せだと？　それでもあなたは元刑事か。あなたたちは共謀共同正犯だ。どちらも赦されざることをした」

秋山は険しい顔でこちらを見つめている。そんなことは言われなくともわかっている。そう語っているようだった。

秋山のまなざしは鋭かったが、やがてどこか和らいだ表情になった。

「そうだな。虫がよかった」

秋山はベッドに眠る野中の父を見た。意識を取り戻すことはないが、延命装置のおかげとはいえこうして生きている。

ようやく納得してくれたのか。祐介の視線も、そちらにそれた。だがその瞬間、圧を感じて体が後ろにのけぞった。

「なに？」

秋山に突き飛ばされたことがわかった。祐介は体勢を崩して倒れる。慌てて上体を起こすと、秋山は野中の父をナイフで刺そうとしていた。

「やめろ！」

大声を出すが間にあわない。

血が飛び散ると思った瞬間、秋山の動きが止まった。

人影が秋山の左腕に絡みついている。

真佐人だった。急いでここまで来たのだろう。息が上がっている。

「させるか」

秋山は渾身の力でナイフを野中の父の首元に突き刺そうとしているが、真佐人はその左腕をしっかりつかんで離そうとしない。

「秋山さん、あなたはまだ自分の本当の罪がわかっていない」

真佐人は目を血走らせながら語りかけた。

「どういう意味だ」

「あなたは健太さんのことをどこまで理解していたんだ？　本気で向きあったのか。自分は息子を愛していたが、殺さざるを得なかった可哀そうな親、その思いに酔って死んでいくつもりか」

「若造に何がわかる！」

秋山は鬼の形相で睨みつける。だが真佐人はひるまない。

「わかる。あなたが健太さんの気持ちをわかっていないってことは」

「なんだと、こいつ」

もつれあっている。

死が迫っている老人とは思えない膂力《りょりょく》で真佐人が押されている。

危ない。

祐介が真佐人に加勢しようとした瞬間、背後から叫ぶような声が聞こえた。

「もうやめて！　お父さん」

祐介はそちらを向く。秋山の視線も注がれた。

「唐沢検事の言うとおりよ」

そこに立っていたのは、成海だった。泣きそうな顔で父親に訴えかける。

「ごめんなさい、お父さん」

「……成海」

「言えなかったことがあるの。お兄ちゃんのこと」

秋山は娘の方をじっと見つめていた。

「お兄ちゃんは事件の少し前、私のところに来ていたの。今までお前の人生を壊して悪かったって初めて謝ってくれた。私の結婚がなしになったことと、お父さんがもう長くないってことがショックだったみたい。これからジョブカフェに行ってみるって言ってたの。ただそのことを親父には言うなって口止めされていた。就職して親父を驚かせたいって」

「何……だと」

秋山の目が大きく開かれていた。

「それがきっかけで私、もう一度、岩田さんとやり直すことができたのよ。ごめんね。事件が起きて言い出せなくなってしまっていたの。こんなこと知ったら、お父さんがもっと苦しむだろうって」

そうだったのか。成海が何かを隠しているような気はしていたが、そこにあったのはこの残酷な真実だったのか。

いつの間にかナイフを握る秋山の手は緩んでいて、真佐人はナイフを取りあげ、つかんでいた手をゆっくりと放した。

「成海……それなら私はお前の結婚を今度こそぶち壊したというわけか」

「うん、岩田さんは事件の後も私を支えてくれている。どんなことがあっても一緒だって」

手をだらんとさせながら、秋山はどこか遠いところを見つめていた。

「秋山さん、もう約束を守る意味はありません。先ほど野中律子さんが自首しました。健太さんを殺したと」

真佐人がそう告げると、そのまま秋山は精根尽きたように床に崩れ落ちる。

成海は父のもとにそっと寄り添う。真佐人も疲れ切ったように天井を見上げた。

病院の職員たちが少し離れたところから事の成り行きを見守っている。

やがて堰を切ったように秋山は泣き出した。どうしてと何度もくり返している。

祐介は病室に眠る老人の顔を見つめた。

野中の父がその意思を発することはこの先も永遠にない。だが健太は違う。ほんの少しでも話しあえていればこの悲劇は回避できたのではないか。昔は左手でキャッチボールできるようになるまで努力したのに、今となってはどうして語りあうことにその努力を向けられなかったのだろう。そう責めるのは酷だろうか。

祐介はゆっくり秋山に近づくと、時計を見た。

「午前一時二十六分。逃走罪、および公務執行妨害罪で逮捕」

手錠をかける音が病室に響いた。

7

それから二週間後、祐介は取調室にいた。

椅子に座ることなく、目を閉じ、腕を組んで壁にもたれている。

やがて一人の男が連れてこられた。

祐介は椅子に座り、被疑者を見つめた。

「あなたには黙秘権があります。自分に不利になることについては、ここで言わなくとも構いません」

どこか不満げなまなざしが祐介に注がれている。

「では聞いていきますよ。あなたは……」

取り調べが始まった。

この男は観光客の中に車で突っ込み、多数の犠牲者を出したどうしようもない男だ。全身骨折などでずっと入院していたが、ようやくその傷が癒《い》えたとして取り調べができる状況になった。

「どうしてこんなことをしたんですか」

「なんて言うか、死にたかったんで」

あまりにも身勝手な犯行動機だった。怒りを覚えたが表情には出さず、心の中だけにとどめた。

あれから秋山富士夫は再逮捕され、野中律子も逮捕された。

二人は共謀して殺害しようとしたわけで、それだけ見れば極刑まで含んだ非常に重い罪になる。もちろん二人の事情は周知の事実であるし、情状酌量の余地は大いにあるだろう。だが二人とも実刑は免れまい。

二人の取り調べで詳しいことがわかった。事件の朝、秋山は野中の自宅アパートに行って秋山家の鍵を渡した。履歴が残るといけないので携帯は使わない。互いに約束を果たしたら、野中のアパートで落ち合う約束だったという。

秋山は呼吸器を外し、約束通り野中と合流した。そこで事の顚末を告げられたらしい。これでは事故には見せかけられない。自分の失敗なので自首すると言い出した野中を、秋山は強く説得して自分が自首した。

真相に気づかれないように、偽装工作もした。健太が起きた理由を作るためにDVDケースを踏み割り、石油ストーブを倉庫に片付け、代わりに電気ストーブを置いた。だがこれは過剰反応だった。マッチ棒入りの瓶に気づかず、残してしまったため、かえって怪しまれてしまう結果になった。

野中の父が生きていたのは、その朝、同じ部屋に救急外来から入院患者が運び込まれてきたからしい。その際、看護師が野中の父の呼吸器が外れているのに気づき、かろうじて野中の父は一命をとりとめたのだという。救急で運ばれてきた男性は酒を飲んだ後、道で眠ってしまい、凍傷になっていたそうだ。急激な寒さが理由だった。

野中が面会に来たのは、本当のことを警察に告げるべきではないのかと相談したかったからしい。しかし秋山にとっては野中の父が生きているという事実だけが衝撃だった。何としても約束を果たさなければ。その思いだけで逃走の道を選んでしまったのだという。何という事件だったのだろう。最後に野中の父を殺そうとする秋山を止められたことだけが救いだった。

それから取り調べは続き、やがて終わった。

秋山の事件のように複雑な真相など何もなく、胸糞が悪くなるだけの時間だった。

廊下を歩いていると、真佐人がやって来た。別の事件でこれから取り調べをするようだ。すれ違いざま、足を止めた。

「見直したよ」

俺が今回の事件の真相にたどり着いたことか。相変わらず上から目線ではあるが、褒められると悪い気はしない。だがこいつの助けがなければ、秋山の殺人を止めることはできなかった。痛み分けというところだろう。お前のおかげだと言おうとしたが、その前に真佐人が口を開いた。

「この前、アニキの問いに答えていなかっただろう。その答えだ」

何のことだ。祐介は目を瞬かせた。

「大八木宏邦のことだ。見直した。それが俺の答え」

そういえば秋山の自宅で会ったとき、そういうやりとりもあった。だが今さらここで問いに答えるなんて間がありすぎだろう。自分が褒められたように勘違いさせるため、わざと言ったとしか思えない。文句を言おうとして、はたと止まる。

「今、何て言った？　親父のことを見直したって言ったのか」

真佐人はああとうなずく。

「彼は確かに無実の西島を逮捕し、自白させた。だがその後、すべてをなげうって過去の過ちを償おうとした。それは尊敬に値する」

「真佐人」

「俺には時間がない」

その言葉に祐介は顔を上げる。時間がない？　どういうことだ。

「京都地検にいる時間だ。久世橋事件のことを調べるなら今しかない。そう思っていた」

「真佐人、お前」

「特に当時の刑事のことはな」

はっと思い出す。真佐人は他の誰も気づかなかった有村と秋山の関係を知っていた。様々な裏事情をかなり詳しく調べているのだろう。

真佐人も祐介と同じように久世橋事件をひそかに探っていたのだ。だが結局、西島の死に際の言葉に、奴の無実を確信せざるを得なかった。長年探し求めた先にあったのは事件の真実だった。

「これで終わりじゃない。違うか」

真佐人は問いかけてきた。

にぎりしめた拳に、真佐人の思いが詰まっていた。父のことで殴りあったこともある。やはりこいつも父に熱い思いを抱いていた。そのことが嬉しかった。

祐介が感極《かんきわ》まっていると、真佐人はじれたように言葉を続けた。

「俺は久世橋事件の真犯人を見つけ出す。親父のために」

祐介は思わず目を開いた。

今真佐人が言った「親父」とは唐沢洋太郎のことではない。二人の父、大八木宏邦のことだ。久世橋事件は未解決事件だが、すでに時効になっている。父が道半ばに倒れ、果たせなかったこと。それをやろうというのか。

「真佐人……」

本気なんだなお前は。そう思って見つめる。

「それと言うのを忘れてた。今回の事件の真相によく気づいたな。おかげで秋山の殺人を止めることができた」

「いや、お前のおかげだ」

俺だけではどうしようもなかった。そう言うと、真佐人は祐介の肩を叩いた。

「わかってるならいい」

「なに？」

少しむきになったのを見て、真佐人は口元を緩めて歩き出す。こいつ……まあいい。こんなことで熱くなっては真佐人の思うつぼだ。

誰かが来た。

真佐人は振り返ることなく、片手を上げた。祐介も前を向く。苦笑いとともに逆方向へしっかりと歩き始めた。

本書は、書き下ろし作品です。

著者紹介

大門剛明（だいもん　たけあき）

1974年三重県生まれ。龍谷大学文学部卒。2009年『雪冤』で第29回横溝正史ミステリ大賞＆テレビ東京賞をW受賞。以後次々と新作を発表し、社会派ミステリーの新星として注目を浴びる。

著書に、『完全無罪』『婚活探偵』『死刑評決』『正義の天秤』『両刃の斧』『テミスの求刑』『反撃のスイッチ』『レアケース』『不協和音』などがある。

PHP文芸文庫　不協和音2
炎の刑事 vs. 氷の検事

2020年6月2日　第1版第1刷

著　者　大門剛明
発行者　後藤淳一
発行所　株式会社PHP研究所
東京本部　〒135-8137 江東区豊洲5-6-52
第三制作部文藝課　☎03-3520-9620（編集）
普及部　☎03-3520-9630（販売）
京都本部　〒601-8411 京都市南区西九条北ノ内町11
PHP INTERFACE　https://www.php.co.jp/
組　版　朝日メディアインターナショナル株式会社
印刷所　株式会社光邦
製本所　株式会社大進堂

ISBN978-4-569-90020-9